養雞的小孩

張莉琪（小琪）十一歲

生長在標準傳統雞農家庭的小女孩。原先厭惡雞舍散發出的味道，而非常排斥到雞舍幫忙；但看到大環境的改變而願意去幫忙照顧小雞。因知識不足而傷害到了一隻小雞，負起了照顧那隻受傷小雞的責任。本身個性多愁善感又善良，碰到多利身體不舒服的時候會很容易哭泣。

小雞多利

原本被宣判活不成的的小雞，在小琪的呵護下逐漸成長。面對多次的災害侵襲與生病，都在小琪的愛心照顧之下化險爲夷。是傳統的紅羽土雞，小雞時非常怕寂寞，時常發出「啾啾」的聲音呼喚小琪。

張火旺（爸爸）三十八歲

身爲傳統雞農，對於養雞事業帶著尊敬的態度在照顧著雞舍。隨著環境改變，面對大環境的無力感與挫折感讓他鬱鬱寡歡。

「天公伯看得到咱的打拚」是他的口頭禪，有越是困境就要越努力的傳統農家性格。希望能夠籌到資金開設小餐館。

張林珠美（媽媽）三十七歲

嫁給了小琪爸爸後無怨無悔的付出，有傳統吃苦耐勞的農家婦女性格。對於小琪養多利一開始感覺很可

笑，後來常常幫忙照顧多利。時時刻刻都在鼓勵小琪爸爸和小琪，是相夫教子的傳統女性。

沈主委（沈主委伯伯）四十五歲

人稱主委阿伯，廟口管理委員會的主委，戴個黑框眼鏡，常常替附近廟口的商家或住戶排解困難。

野狗

瘦弱但凶狠的野狗，不只一次想要攻擊多利和小琪；流浪過後又臭又髒，眼神極度凶狠、爪子和牙齒十分發達。

序幕

簡陋的雞舍內，充滿著雞叫的聲音。

傳統雞農張火旺正忙著餵雞舍內的雞，許多雞邊吃著飼料槽內的飼料，邊叫著。雞叫的聲音是什麼樣的呢？一般人總以爲是在電視上或電影上，每次日出時發出那種「咕咕咕！」的宏亮叫聲……但其實不是，只有早晨的公雞才會這樣啼叫，而且還要看牠心情好不好。

「心情不好，牠連叫都懶得叫咧！」張火旺解說著。

「什麼呀……爸爸，這樣說的話，已經完全失去講解的意義了嘛！不就都變成只要牠高興，什麼叫聲不是都無所謂嗎？」

和張爸爸說話的是小琪，傳統雞農張火旺的獨生女，今年滿十一歲，等暑假過後就會正式升上小學六年級；留著到肩膀的半短髮、配上蝴蝶結造型的髮夾，穿著學校制服看著爸爸餵雞。

「小琪啊！妳也知道，現在傳統養雞戶越來越無法生存了。所以爸爸希望這個暑假過後，可以籌一筆資金來開一個小餐館店面嘛！」小琪爸爸邊倒下飼料，邊加了些水。

「嗯！這個計畫爸爸之前你有說過。」小琪點點頭，繼續看著爸爸倒飼料。

「所以……」小琪爸爸由原先蹲下的姿勢，站起來說：「這一個暑假我會大量進一批雞苗，希望能在明年過年前籌到開小餐館的資金……是不是可以麻煩小琪，來幫忙雞舍一些事情……」

不等爸爸說完，小琪猛搖頭說：「我不要！雞舍又臭又髒，這些雞也是又笨又吵，雞對我來說只在乎好不好吃而已。」小琪說完雙手交叉在胸口上。

「只要幫忙餵養看照小雞，不會困難的……」

小琪爸爸苦笑著。這個獨生女的脾氣，他比誰都還要清楚。

雞舍外傳來聲音：「小琪！快點來吃早餐，上學時間要注意喔！」

「知道了！」小琪對外面喊著，接著轉過頭對著爸爸說：「好啦！我知道了，等我放暑假再說，我要先去吃早餐準備上學了。」小琪說完，跑出雞舍。

「好，好。」張爸爸看著自己女兒對雞完全不在乎，嘆口氣自言自語的說：「天公伯看得到咱的打拼，愛拼才會贏！」

張爸爸哼著台語歌，繼續清掃雞舍；不多花點心思把雞養好，又怎麼跟現代化養雞場拼呢？

雖然小琪對於雞完全的不在乎，但是這次出現的小雞，將會帶著小琪重新認識到生命的重要性。

有歡笑，也有淚水……照顧小雞的小琪，將會永遠記住即將到來的生命。

養雞的小孩

目次

01.
傳統雞農

「我的爸爸是傳統雞農，所以爸爸和媽媽都在家裡的雞舍裡面照顧雞；有大隻的土雞，也有小隻的雛雞，所以雞舍裡面一直都很熱鬧……」

張莉琪的作文《我的爸爸是雞農》被學校評選爲佳作。平時朋友都直接稱呼張莉琪叫小琪，這時候小琪正在班上朗讀著得到佳作的這一篇作文。

小琪在台上朗讀完，下面的同學開始鼓掌；老師也讓台下的同學發問。

班上女同學舉手發問：「小琪，那妳也會去幫忙養雞嗎？」

「幫忙呀……」小琪楞了一下，心虛的回答：「會是會……可是不常。偶而幫忙一下而已。」

「自己養會捨得吃掉嗎？」一位男同學舉手發問。

「會呀！我還蠻喜歡吃雞肉的說。」小琪直接的回答，絲毫沒有半點猶豫。

同學議論紛紛，有的人露出一臉不可思議的表情。

「會取名字嗎？」另一個女同學也舉手發問。

「取名字？」小琪笑笑的搖搖頭說：「不會啦！怎麼會幫雞取名字呢？就只是雞而已呀！」

01　傳統雞農

「就只是雞……」一位男同學突然說：「再怎麼說，也是生命啊！而且自己養的不會有感情嗎？」

小琪露出苦笑的表情說：「是真的不會取名字，畢竟雞養來就是要吃掉和送去屠宰、賣掉的呀……」

下課鐘響，小琪回到了自己的位置上；小琪又看了看自己的作文，作文上老師評語寫著「內容生動有趣，文筆甚佳！但是對於感情描述上似乎有點美中不足，要更加表現出自己的感受……」

自己的感受？如果沒有更多的感受又該如何表現呢？小琪覺得有些荒謬，不論是對雞農的爸爸或是家裡養的雞，可以寫的都已經寫了；對於同學的提問更是覺得誇張，雞養大就賣掉，幹嘛要取名字？

「啊！隔壁班那個嘟嘟妳知道嗎？聽說她一次可以吃三個學校的便當耶！」隔壁前面位置的女同學轉過頭對著坐她後面的女同學說著。

「真的嗎？學校便當內的雞腿很大一隻耶……」後面的女同學露出了不敢相信的表情。

「搞不好可以挑戰五個便當！五個雞腿一次都塞進嘴巴！」旁邊的男同學突然插嘴說著。

三人笑成一團，也許是剛剛聽到了小琪的作文，對於雞腿一次可以吃那麼多隻感覺到特別有笑點吧？

五個便當嗎？那最少要五隻雞腿的價格……小琪暗自想著。

沒錯！不用想幾隻雞，直接想成雞就等於多少價格，用價格衡量會是最好的方法。

*

下午放學了。再過幾天就是放暑假的日子，考完期末考的同學，這兩三天有人已經開始在偷偷寫著暑假作業。

「暑假作業要先寫嗎？」放學後回到房間的小琪，拿出暑假作業看著。

「小琪！小琪在寫功課嗎？」門口響起了敲門的聲音。

「媽媽？進來呀！」小琪趕緊回應。

小琪的媽媽打開門，走了進來。小琪媽媽是一般傳統女性，對於「以夫爲天」

01　傳統雞農

的觀念非常重視，以自己要相夫教子當作天職。對於小琪的功課很重視，對小琪爸爸的雞農工作也一直都在幫忙照顧著。

十多年如一日，從來沒聽媽媽抱怨過一句。

「快放暑假了，聯絡簿要簽嗎？」媽媽走進來，對小琪說著。

「要，再過幾天放暑假前會發成績單。」小琪把聯絡簿交給媽媽。

媽媽看過小琪的聯絡簿後簽了名；小琪這時跟媽媽說：「媽媽，今天我的作文被學校評選爲佳作唷！」

「嗯?真棒！我們的小琪真乖！」媽媽對著小琪微笑，滿意的點點頭。

雖然有時有點任性，但是小琪整體表現還是很好的；在課業上一直有維持在中上等級的成績，也不需要讓爸爸媽媽擔心小琪的表現。

唯一讓爸爸媽媽傷腦筋的，就是小琪對於爸爸所飼養的雞和雞舍，小琪一直表現出抗拒、厭惡的反應……這讓小琪的爸爸有時感到有些介意。

「小琪……」媽媽停頓了一下，繼續說道：「這一次妳應該也知道，爸爸要進更多的雞苗，來讓家裡的資金快點湊到開小餐館的錢。所以這一次真的需要小琪妳

來幫忙支援一下家裡的雞舍……」

小琪沒有回答，只是默默的看著媽媽。

幫忙家裡並不是不可以……而是小琪心中總是看不起雞，很難對於這些沒有智商、卻又臭又吵的雞，浮現出想要照顧牠們的想法。

「小琪，那就這幾天開始來幫忙吧！」媽媽說完，走出房間去。

小琪躺在床上看著天花板，如果說沒有什麼理由的話，自己也沒辦法去拒絕爸爸和媽媽的要求：去雞舍幫忙。小琪想到小時候，每次爸爸媽媽忙完辛苦的模樣，就覺得很不捨……

想到爸爸曾經說過，家裡從爺爺的爺爺好幾代前就是傳統雞農，靠著養雞養活了一家大小、蓋房子，讓一家人健康的長大。

但是……時代變了。現今現代化的養殖場，一次就可以養殖提供全國速食店的量，養殖時間也大幅縮短，這樣傳統雞農又要怎麼比呢？

「唉……知道養雞的辛苦和無奈，我才知道爸爸媽媽的偉大。」

小琪自言自語的說著，如果爸爸媽媽能夠放棄養雞這樣低下的職業，那該有多

好……這樣想的小琪翻了一個身，望向自己房間的窗戶。

窗外的景象是自由自在的藍天，還有著一點夏天的味道；是夏季的蟬開始叫了嗎？暑假總算要來臨了。小琪看著窗外的天空發呆，一切都是那麼的無趣和無奈。

「或許應該幫爸爸的忙，等爸爸成功開了小餐館，就不會想要養雞了。」小琪想到爸爸說過開小餐館的事，如果能夠開個小餐館，這對小琪希望爸爸媽媽不要養雞的想法也就更加的可能實現。

就去幫忙一個夏天吧！或許夏天結束後，就能讓小餐館開起來了。

*

「各位同學！放暑假的期間要注意安全喔！」

台上的老師叮嚀著大家，所有學生都非常的興奮！因爲要放暑假了！

小琪一個人慢慢的走出學校，和同學們道別；暑假的陽光非常刺眼，不過卻有著讓人擁有活力的感覺。

小琪走向望天宮。這座廟香火鼎盛，而且也是附近居民的生活與活動中心；附近的廟口市場是在這邊的居民時常去買菜、吃飯的地方。走向廟口市場的小琪，來

01　傳統雞農

到了爸爸賣雞的攤位上。

「啊！小琪妳放學啦！今天開始放暑假嗎？」爸爸看到小琪，開心的問候著。

「嗯！是呀！」小琪點點頭，接著問爸爸：「爸爸，聽媽媽說過幾天要進一批雞苗，是真的嗎？」

爸爸點點頭說：「對，雖然我們也有小雞，但是我們的養殖量不夠，我想要趁著夏天大量增加。」

「爲什麼呢？」小琪疑惑的問著。

「因爲啊！」爸爸清了清喉嚨，繼續說道：「小雞很容易因爲天氣的變化失溫或是得病死掉；所以冬天天氣冷的時候不適合大量養殖小雞，就只能在夏天的時候讓小雞多長大來提昇利潤了。」

「嗯……」小琪仔細的聽著爸爸解釋。

看著小琪的反應，小琪爸爸多少也知道：小琪並不喜歡雞，也不喜歡爸爸媽媽從事這份工作。早年小琪爸爸還是孩子的時候，也對雞沒興趣，對自己家養的雞也是離得遠遠的；直到小琪爸爸成年後，家裡只剩一個人時，也就一樣扛起了養雞的家業。

「雖然很忙……不過爸爸還是希望，小琪能夠幫忙爸爸和媽媽，照顧家裡的雞舍……」小琪爸爸緩緩的說著。

「面對原物料上漲，光靠養雞已經不夠了……如果能夠讓客人來到這裡能吃到新鮮的烤雞和農家新鮮的食材，那這樣子會好很多……」小琪爸爸感慨的看著雞籠內的雞，跟小琪說明著。

小琪看著爸爸的樣子，嘆了一口氣說：「我知道了，我會幫忙。」

「真的嗎？謝謝小琪！」小琪爸爸聽到小琪這樣說，開心的微笑。

小琪看著爸爸的臉說：「我也希望……爸爸的小餐館計畫可以成功，這樣我們就不用養雞養得那麼辛苦了。」小琪說完，也給爸爸一個微笑。

「那我先回去了，爸爸加油唷！」小琪跟爸爸揮揮手，離開了廟口市場。

「養雞養得很辛苦嗎……爸爸可是很努力的照顧著雞呢……」小琪爸爸自言自語的說著，看著在雞籠內的雞。

「老闆，來一隻雞吧！」一位客人說著。

01　傳統雞農

「好，好，馬上來！」小琪爸爸招呼著客人，隨手抓起一隻雞。

望天宮廟門口有一棵大樹，廟的廣場前也常常會有民俗表演；小琪望了一眼，發現今天表演的是「新彩閣掌中劇團」的布袋戲。

小琪停下來看了一下表演，布袋戲的表演一直都是深受這邊居民喜愛的，特別是表演的鍾藝師，更是展現出讓大家從小看到大的精彩演出。

「今天也表演布袋戲呀……」小琪看著台上的演出，喃喃自語著。

養雞……總是感覺又臭又髒，連聽起來都很沒有前途；如果真的能夠投資開一間小餐館，或許可以過更好的生活也說不定。想到這裡，小琪還是默默的看著台上布袋戲的演出。

這個暑假就好好的幫忙養雞吧……然後幫助家裡改變環境。

改變那個又髒又臭的養雞工作。

02. 接近雞舍

「小琪，這裡是雞舍放飼料的地方；那邊是放一些工具……」

小琪跟著媽媽來到養雞的雞舍。雖然常常來到這邊，但是對於雞舍內的工作幾乎一無所知；小琪看看周圍，在雞舍外面有小型的柵欄圍著，避免讓雞跑到太遠的地方；雞舍內有一些雞籠，專門餵養安置雞的地方。

小琪媽媽拿起了一個雞蛋，對小琪說：「這些是母雞住的地方，這些母雞一天都會下一個蛋唷！」

「蛋?會孵出小雞嗎？」小琪看著媽媽拿的雞蛋，張著大眼睛問著。

小琪媽媽搖搖頭，笑笑的說：「沒有受精過的雞蛋，不會孵出小雞。」

「受精？」

「就是……」小琪媽媽想了一下，慢慢的回答：「就是……母雞媽媽沒有和公雞爸爸住一起……生出的雞蛋就不會孵出小雞……」

「這樣呀……」小琪似乎似懂非懂，但還是點了點頭。

小琪跟著媽媽一起清掃起雞舍，戴著口罩的小琪面對雞舍的味道感到非常的不愉快；但是一想到這個暑假過後或許可以告別這些雞，那現在的幫忙也就值得了。

02 接近雞舍

「這邊還要用水沖乾淨，不然太多糞便會讓雞得病的。」小琪媽媽告誡著小琪該注意的地方。但是小琪總是有些心不在焉，一個恍神，水柱竟然沖到了雞籠，雞籠內的雞陷入混亂，叫了幾聲。

「小琪！不要沖到那裡了！」小琪媽媽趕緊叫小琪。

「啊……抱歉。」小琪注意到了，也把水柱移到旁邊去。

「受到驚嚇的雞容易死掉的，小心一點。」小琪媽媽皺著眉頭，唸了幾句。

「嗯……對不起。」小琪一臉不悅的說著。雞舍的雞對小琪來說，有跟沒有實際上都一樣；雞就等於肉，肉就等於錢，小琪只有這樣的想法。

「啊！爸爸回來了喔！」小琪媽媽跟小琪說著。

小琪爸爸每天都會用小貨車載著雞，到市場去賣；到了傍晚，就會載著雞再回到雞舍內。

日復一日，年復一年。從小琪有記憶的時候開始，爸爸都是這樣努力的照顧著雞和這個家裡。

「我回來了……啊！小琪，妳也來幫忙了呀！」小琪爸爸抬著雞籠進來，看到小琪開心的笑著。

「嗯……可是剛剛我不小心把水沖到雞了。」小琪看著爸爸，回答著。

「是嗎……那就是名副其實的『落湯雞』了。」

小琪爸爸笑著說，這個冷笑話也讓小琪跟爸爸笑了起來。

這個家讓小琪喜歡著：有努力打拼的爸爸、親切和藹的媽媽，三個人一直都很幸福的生活著。

＊

過了幾天的一天晚上，小琪爸爸和媽媽商量著。

「這幾天，我想要去多進一點雞苗。夏天育養小雞，是再適合不過了。」小琪爸爸邊喝著茶邊說著。

小琪媽媽點了點頭，邊將茶葉裝到茶壺內；這是小琪媽媽娘家那邊進的金萱烏龍茶，喝起來有很香醇的味道；從嫁來小琪爸爸家，小琪爸爸就是愛這個烏龍茶的香味。

小琪媽媽將茶倒向爸爸的杯子說：「可是……有那麼多人要買我們的雞嗎？」

02 接近雞舍

「這個嘛……」小琪爸爸喝了一口茶，說：「我想……想要和望天宮的沈主委商量看看，或許除了望天宮市場的客人外，也可以推薦給附近的餐廳或是辦流水席的師傅看看。」

「嗯！這樣很好。那你帶一些金萱烏龍茶的茶葉，找個時間去和沈主委商量看看吧！或許可以請他多幫忙一下。」小萱媽媽整理了一些茶葉說著。

「嗯！還有，」小琪爸爸看著小琪媽媽問著：「小琪呀……那孩子這幾天不是都有來幫忙嗎？」

「是呀！」小琪媽媽點點頭。

「小琪還好嗎？我記得她一直很不喜歡雞舍。」小琪爸爸說到這裡，皺著眉頭說。

小琪媽媽握著爸爸的手，溫柔的說：「火旺，你年輕的時候也不喜歡養雞不是嗎？總是跟我抱怨你爸爸逼你要照顧雞。」

「是啊……那麼久的事情妳也還記得呀……」

在那個年代，男女交往是不被允許的；不過也因爲小琪爸爸年輕時就和小琪媽

媽是學校同學，兩人也算是自由戀愛而結婚了。

結婚沒多久，小琪的爸爸也就過世了，這也讓小琪的爸爸正式繼承了養雞的家業；從小就沒有媽媽照顧的小琪爸爸，也就擔起了責任照顧著這個家和他心愛的家人。

過了幾年，終於有了小琪的誕生，也讓這個家添加了許多歡笑。

「養雞……不只是雞的販賣，也涵蓋著生命和責任的意義。天公伯看得到咱的打拚，努力一定會有成果的。」小琪爸爸喝著茶，和媽媽互相看了一眼。

如果能夠讓小琪瞭解養雞不只是爲了金錢，更多了許多責任和愛在裡面，那該有多好。

「雞苗進來後，也讓小琪一起照顧吧！」小琪媽媽提議。

「小雞嗎？」小琪爸爸沉思了一下後說：「但是……照顧小雞並不簡單，一下就這麼困難好嗎？」

「小雞除了怕失溫和疾病外，也很怕寂寞。」小琪媽媽繼續說：「現在只讓小琪負責些打掃的工作，她當然會不喜歡；如果讓她照顧一些小雞，應該會讓她更有

02　接近雞舍

責任感一點。」

小琪爸爸聽媽媽這樣說後，點了點頭說：「嗯！現在是夏天，小雞比較不容易失溫，就讓小琪試試看吧！」

「嗯！這幾天進了雞苗，就讓小琪照顧小雞看看吧！」小琪媽媽也笑笑的回應。

*

暑假開始了幾天，這幾天小琪白天到雞舍幫忙，晚上開始寫暑假作業；這樣的生活讓小琪越來越不高興。

「小琪，那邊的雞有倒飼料進去嗎？」小琪媽媽邊倒著飼料，邊問著。

「喔……我去倒。」小琪慢吞吞的走去另一排的雞籠，慢慢的倒著飼料。

夏天開始溫度越來越高，雞舍四處雖然有放著電風扇，但是仍然十分的炎熱；今天的小琪戴著口罩，感到全身又濕又熱外，更有一種快要窒息的感覺。

終於受不了的小琪，拿下了口罩抱怨：「好難過……嗚！好臭喔！」

小琪邊抱怨邊粗魯的倒著飼料！弄得雞籠旁邊亂七八糟！

看著小琪這樣的媽媽，大聲呵叱著：「小琪！不要這樣粗魯，會弄亂也會嚇到雞的。」

小琪放慢了動作，但是心裡非常的不高興。小琪看著雞籠內的雞，感到無奈又氣憤……如果家裡不養雞，或許就不用弄得又臭又髒，還不用弄得滿肚子氣！

想到這裡，小琪把飼料的桶子放到地上，一語不發的看著飼料桶子發呆。

「小琪？」媽媽看到小琪的表情，疑惑的問著小琪。

「我……我真的不喜歡這些雞……其他人的家裡，都有正常的工作，爲什麼我們要養雞……」小琪難過的說著，越說越感到委屈，眼淚竟然掉了下來。

小琪媽媽看著小琪，嘆了一口氣後說：「小琪，我們養雞的工作也很正常呀……我們不偷不搶，靠著養雞來養活家裡，又怎麼會不正常呢？」

「怎麼會正常？其他人的家裡都是去大公司上班，一個月可以賺很多很多錢，同學也不用去雞舍裡幫忙；而我們家呢？」小琪難過的邊哭邊說，眼淚從她大大的眼睛流了下來。

「小琪，不能這樣說。」小琪媽媽回應著：「這是爸爸家裡留下來的雞舍和

養雞的技術，這是很正常的工作……」小琪媽媽說到這邊，深深的嘆了一口氣後對著小琪說：「小琪，妳不是在作文上寫著，爸爸的工作很辛苦嗎？我以爲妳懂得……」

小琪原本低下頭哭泣著，聽到媽媽談到作文的事情，抬起頭來看著媽媽。

「對……我就是知道……爸爸很辛苦，我才會在作文內寫了很多爸爸的事情……」小琪停頓了一下，沒有再說下去。

雞舍內的雞完全體會不到小琪的心情，咕咕咕咕的叫個不停；這在小琪憤怒的情緒下，顯得格外的諷刺……也讓小琪更加的難過了起來，瞪著在雞籠內毫不知情的雞。

「就是因爲……」小琪小聲的喃喃自語著。

「就是因爲？」小琪媽媽看著小琪，發現小琪微微發抖著。

「就是因爲……」小琪瞪著雞籠內的雞，漲紅著臉發抖著。

「如果……如果不是做這種沒有尊嚴的工作！爸爸也不用那麼辛苦！這種工作根本不是正常的工作！我感覺……我感覺這樣的工作非常的丟人現眼！」小琪大聲

的喊完，衝出了雞舍！

「小琪……小琪！妳怎麼可以說這種話！」小琪媽媽看著小琪跑出雞舍，一時之間不知道該怎麼辦……平時乖巧的小琪，怎麼會說出這種話呢？

小琪媽媽蹲下去慢慢撿起被小琪丟在地上的飼料，邊撿邊想著是不是對小琪的管教不夠，怎麼會說出那麼沒有禮貌的事情呢？剛剛的話，如果讓小琪爸爸聽到了，該怎麼辦呢？

在傷腦筋的時候，小琪媽媽抬起頭，竟然看到了小琪爸爸就站在雞舍的門口……

「啊……火旺，你怎麼回來了？」小琪媽媽趕緊問著小琪爸爸。

「今天比較早回來……想說回來拿一些茶葉，晚點要去望天宮委員會去拜訪沈主委。」小琪爸爸把雞籠搬進來，開始整理著。

小琪媽媽有點尷尬，小琪那些話雖然在氣頭上，但是也還是蠻傷人的；這讓小琪媽媽有點不知所措，低著頭繼續整理著。兩人持續整理著，沒有說話，小琪媽媽終於忍不住問了。

「那……剛剛那些話，你都聽到了嗎？」

「是啊……」小琪爸爸邊整理清掃邊回答。

「這樣啊……」小琪媽媽看著小琪爸爸沒有說什麼，擔心會讓小琪爸爸心情不好，趕緊說：「我想，等等我還是罵罵小琪吧！那麼的沒有禮貌，我一定會好好的處罰她，讓她今晚不要吃飯好了……」

小琪爸爸停下手邊的工作，拿著掃把看了小琪媽媽一眼，反而笑了出來。

「妳不要怪小琪。她的心情我可以感受……剛剛那些話，我記得我也和我爸爸說過類似的話。」小琪爸爸臉上帶著微笑。

「真的嗎？那時候你還小吧？」小琪媽媽看著小琪爸爸的臉問著。

「是啊！就跟小琪一樣大的時候，我也罵了我爸爸和雞，結果……」

「結果？」小琪媽媽露出好奇的表情。

「結果，」小琪爸爸苦笑著說：「我被我爸毒打了一頓，罰我那天不准吃晚餐，最後還被我爸爸處罰跪在雞舍前面反省。」

聽到小琪爸爸這樣說，小琪媽媽忍不住笑了出來。

「你們父女都一樣的脾氣呢！」

「是妳們母女吧？」小琪爸爸也笑著回答：「不要怪小琪，她只是替我難過而已；事實上她不用那麼自卑，養雞的工作是很了不起的……總有一天，她會知道的。」

小琪的爸爸媽媽打掃著雞舍，對這樣的狀況覺得很傷腦筋；這樣討厭雞的小琪，該怎麼辦才好呢？在兩人苦惱的時候，完全想像不到，之後有一隻雞，將改變小琪的人生，帶給小琪一輩子也忘不了的回憶……

03. 價值

小琪今天也是一樣打掃著雞舍。

上次爆發了情緒以後，媽媽和爸爸並沒有特別苛責小琪，小琪也沒有再提起這件事了。

家人，又怎麼會有隔夜仇呢？小琪默默的打掃著，暑假到現在也已經幫忙一段時間了，什麼地方要打掃、那個雞籠要先餵食都已經記得清清楚楚。

「小琪，來一下。」

小琪聽到媽媽的呼喊，放下手邊的工作過去。

「媽媽，怎麼了嗎？」小琪把手套跟口罩拿了下來，擦了擦額頭上的汗。

「是這樣的……」媽媽拿了一袋東西給小琪說：「妳等下到廟口去，把這一袋東西拿給爸爸。」

小琪接過來，看了一下那一袋的東西回答：「好……這一袋東西是什麼呢？」

「是妳爸爸拜託我準備的金萱烏龍茶茶葉，聽妳爸爸說，望天宮委員會很喜歡這種金萱烏龍茶的香味，想說跟我們買……不過因爲望天宮的沈主委很照顧我們，所以想當作禮物送給沈主委。」

03 價值

小琪邊看著袋子內的茶葉，邊聽媽媽說著。

金萱烏龍茶的香味很香，就算不是很懂茶葉的人也知道那種特別的香氣。小琪答應了後，回到房間稍微換個衣服，就準備出發了。

外面農田的空氣特別的好，這是在雞舍待好幾天的小琪，一出來就感受到的。如果要說到照顧雞舍最麻煩的地方，莫過於每天的打掃和清潔；雞特別容易因爲疾病造成死亡，因此每日的清潔成爲了重要的工作。

但是……雞舍的味道還是讓小琪覺得很難聞，如果不是戴著口罩，或許小琪會暈倒在裡面也說不定。

「啊……到了。」小琪拿著那袋茶葉，來到了望天宮廟口。小琪並沒有多逗留，直接走到了爸爸的攤位上；爸爸攤位上剛好有人要買雞，有幾個客人在等。

「哇！」不遠的地方似乎有小孩子看到殺雞的畫面，而發出了尖叫。

這也是讓小琪不太喜歡爸爸工作的原因之一……小孩子們那種恐懼的表情、大人們看到活的雞那種厭惡的表情……都是讓小琪覺得養雞這樣的工作有多反感。

小琪就這樣站在攤位附近，稍微等爸爸忙完。看著廟口市場外面，天氣非常的好……望天宮前的大樹讓人有種安心的感覺，不論多麼炎熱的天氣，望天宮前的大樹就是可以讓大家乘涼、閒聊一整個下午。

「小琪？小琪妳怎麼來了？」小琪爸爸發現了小琪。

小琪走到爸爸面前，將茶葉交給爸爸。

「這是媽媽要我拿來的茶葉。」

爸爸接過茶葉看了一眼說：「對，謝謝妳拿過來。」

「不客氣，爸爸你辛苦了。」小琪也對爸爸微笑，接著問：「我剛剛好像聽到有小孩子在攤位附近尖叫，怎麼了嗎？」

小琪爸爸苦笑的說：「也沒有怎麼樣啦……就有一個小男孩跟小女孩到我們攤位附近，剛好我這邊有客人要買雞，就拿起雞放血了……可能他們沒看過，所以在尖叫吧！」

「嗯！是喔……」小琪點點頭，心裡想果然又是這樣。

「對了，小琪！」爸爸又把茶葉拿給小琪說：「是這樣的啦……爸爸這邊還有客人要買雞，妳可以幫爸爸拿茶葉到望天宮委員會那邊，把茶葉交給沈主委嗎？」

03 價值

小琪拿過了茶葉問著：「交給沈主委就好了嗎？」

「對，麻煩妳了。」小琪爸爸點點頭。

「好，我知道了。」小琪拿起茶葉，準備到望天宮委員會去。

望天宮的附近就是委員會辦公室，通常沈主委都會在裡面處理事情，但是因爲事情很多也很雜，沈主委也會到處跑來跑去。

小琪來到主委辦公室，剛好今天沈主委有在辦公室內。小琪往辦公室內望一望，有點不太敢進去。

沈主委是現任的主委，大家都稱他爲主委伯伯；沈主委因爲事情太多太忙的關係，總是忙到三更半夜睡不好覺，長期下來，黑眼圈越來越重，被人戲稱熊貓主委。

沈主委看到小琪，笑笑的問著：「啊……妳是火旺的女兒吧？」

「嗯！主委伯伯好。」小琪點點頭回應。

沈主委招招手說：「快進來吧！妳叫什麼名字……我有點忘記了。」邊想邊歪著頭，似乎一時之間想不起來。

「我叫張莉琪，大家都叫我小琪……」小琪進了主委辦公室，四處張望了一下。

主委辦公室設置很簡單，有幾張辦公桌，最大的那張辦公桌上寫著「沈主委」，看起來應該是主委辦公桌了；辦公室的門口旁邊放了張大型的茶桌，桌上的茶壺也說明了這邊常常泡茶。

「對……對！小琪。來這邊坐著吧！」沈主委親切的招呼著小琪，小琪拿著茶葉走到沈主委面前。

「這個是我爸爸和媽媽要我拿給主委伯伯您的茶葉，我媽媽說這是金萱烏龍茶。」小琪把茶葉拿給沈主委，沈主委拿來聞了一下茶葉。

「哈哈！對！就是這個香味。」沈主委開心的說著，接著把茶葉放在辦公桌上拿出了錢說：「來，這是茶葉的錢。」

小琪搖搖頭後說：「不用了，我媽媽說因爲主委伯伯你們很照顧我們家，所以這個茶葉是送給主委伯伯你們的。」

沈主委笑笑的說：「這樣怎麼好意思，我以後會不敢再跟你們家拿茶葉的

03　價值

啊！」

「請收下來吧！我媽媽說會再拿來的。」小琪笑了笑，禮貌的點了點頭。

沈主委把茶葉放到櫃子內，跟小琪說：「對了，小琪……聽妳爸爸說，妳開始在幫忙家裡養雞的工作了嗎？」

「嗯！」小琪點了點頭，臉上的笑容有些失去了活力。

沈主委看了看小琪，接著說：「真是了不起呢！妳爸爸很認真的想要發展更大的養雞計畫，用來籌備開小餐館的資金。小琪妳能幫家裡的忙，真是乖巧懂事。」

「沒有啦……我也只能做一些簡單的工作，像是倒飼料或是打掃之類的，真的要照顧雞或是其他工作都是爸爸和媽媽在做的。」小琪低下頭，被沈主委誇獎也算是蠻特別的。

這時候有人走了進來，跟沈主委打招呼。

「哈哈！加油啊！幫我跟妳爸爸媽媽說聲謝謝，我晚一點會再去找妳爸爸，那主委伯伯先忙。」沈主委笑笑的跟小琪說完後，繼續去忙別的事情。

小琪看了一眼走進來的人，似乎是表演布袋戲的鍾藝師，是在說表演的事情，小琪也就離開了主委辦公室。

望天宮和廟口一直都很熱鬧的。尤其是暑假的現在，觀光客和放假的學生更是到處亂跑，也讓爸爸的賣雞生意提高了好幾成。

小琪看著來來往往的人潮，嘆了一口氣後走回爸爸的攤位上；爸爸的攤位上有客人在買雞，小琪也就乖乖的到攤位旁邊去等。

等到客人買完雞後，小琪走過去和爸爸打招呼說：「爸爸，我回來了。」

「嗯?謝謝小琪，妳有把茶葉拿給沈主委了嗎？」

「嗯!我拿給主委伯伯了。他原本要給我茶葉的錢，但是媽媽說茶葉是用來答謝沈主委的，所以我沒有收下錢。」小琪一五一十的說明。

小琪爸爸點點頭，笑笑的說：「真乖，真的謝謝妳了。」

「對了，沈主委還說，晚一點再來找爸爸你。」

「好，我知道了……對了，小琪，我有東西要給妳。」小琪爸爸轉過身，從一個五金袋內拿出了一件像衣服的物品。

小琪看著爸爸拿出來的東西，疑惑的問著：「這是什麼呢?」

03 價值

小琪爸爸將那件物品攤開來，是一件圍裙。

「我想說，妳在雞舍幫忙的時候怕弄髒妳的衣服。」小琪爸爸邊說，邊把圍裙拿給小琪。「所以我拜託了人幫我弄一件圍裙，因爲怕太大件，所以我也請人特別改過了唷！」

這件圍裙非常漂亮，整體顏色是粉紅色的，圍裙旁邊有很可愛的花邊；因爲小琪的身材比較嬌小，所以小琪爸爸特別請人修改了圍裙的尺寸，讓小琪穿起來合身許多。

小琪拿起圍裙特別比對了一下，不只合身，連圍裙的質料摸起來都非常的舒服。

「爸爸……這件圍裙不便宜吧……」小琪拿著圍裙看著爸爸問。

小琪爸爸笑笑的說：「不會貴，我跟賣圍裙的老闆是好朋友，所以這件買起來加修改的費用並不會太貴。」

「嗯……謝謝爸爸。」小琪對著爸爸笑一笑，這件圍裙真的讓小琪非常喜歡，喜歡到都捨不得拿到雞舍去用了。

「不客氣，妳是爸爸和媽媽的乖女兒。」小琪爸爸邊說，邊摸著小琪的頭。

小琪穿起圍裙，顯得非常高興。這時小琪突然想說些自己的想法，小聲的問著爸爸。

「爸爸……」

「嗯？怎麼了？」小琪爸爸邊整理著東西，邊回應。

「我們家……爲什麼一定要養雞呢……」小琪雖然知道這樣問不太好，可是心中的話還是想要說出來。

小琪爸爸沒有回答，繼續整理著東西；小琪看爸爸沒有回答，就沒有再繼續問下去了。

整理完東西的小琪爸爸，嘆了一口氣，看著小琪。

「小琪……」小琪爸爸看著小琪，臉色很嚴肅。

「嗯……」小琪看了爸爸一眼，頭低了下來……她真的很希望爸爸不要生氣。一方面覺得做這個工作真的很委屈家裡，一方面也覺得爸爸的辛苦真的很不必要。

「小琪，爸爸曾經說過……除了養雞是爸爸的祖先們所傳承下來的理由之外，

03　價值

雞也是生命，需要被尊重的。」小琪爸爸慢慢的解說著。

「嗯……」小琪低著頭，沒有說話。

「雖然這幾年，養殖業工廠化，對養殖雞的傳統生意影響很大；最重要的理由，仍然是我們這些養殖雞的農夫，如果不做，那我們的子孫吃什麼呢？」

小琪看著爸爸，小聲的說：「嗯……可以吃別的肉，豬肉或牛肉。」

「不對，」小琪爸爸搖搖頭繼續說：「要知道，人口越來越多，人們需要的食物量就會增加；今天我們不做，其他人也不做，大家都不做……那麼，後果就是大家都沒有東西吃了。」

小琪沒有說話，但是從表情看得出來，雖然不滿意爸爸的說法，但是也沒有什麼理由可以反駁。

小琪當然知道雞是生命！但是就是捨不得讓爸爸和媽媽做這樣的工作；小琪至少知道一件事情，那就是再怎麼抗議，爸爸和媽媽仍然會選擇養雞的工作繼續下去，直到有可能未來開了新的小餐館。

但是……又怎麼能確定未來的事呢？

望天宮人來人往的，熱鬧滾滾的廟口人聲鼎沸，觀光客、攤商和小孩子們的嬉鬧聲簡直快把廟口市場的屋頂掀起來了！

小琪拿著手上的圍裙，心中卻是異常失落。

04・無知的傷害

今天是雞蛋預定孵化的日子，也是小琪來到雞舍幫忙後，第一次看到小雞孵化。

小琪媽媽跟小琪解說：「這些雞蛋會放在有保溫燈的位置，小雞將會陸續孵化出來。」說完，把一批雞蛋，放到有保溫燈、一塊整理得很乾淨的乾草上。

「孵化小雞？怎麼之前都沒有聽說過呢……」小琪看著那些雞蛋，外表和普通雞蛋沒有兩樣；小琪甚至腦海中，出現煎荷包蛋卻跑出小雞的畫面。

媽媽小心的拿起一顆雞蛋說：「夏天是小雞孵化很好的季節。比起冬天的寒冷、秋天的溫差大，夏天的溫度反而能夠避免小雞們因爲失溫而冷死。」

「夏天的話不是很熱嗎？還要開保溫燈，不會把小雞烤焦嗎？」小琪張著大眼睛看著媽媽手上拿的雞蛋，好奇的問。

小琪媽媽笑了出來，耐心的回答：「直接放到保溫燈下烤，當然會烤焦呀！所以必須要注意不能放得太近，小雞太熱會死在蛋中；但是離太遠，晚上的氣溫如果突然下降，小雞也有可能會失溫冷死，又或者是身體衰竭。」

小琪搖搖頭說：「我不要牠們死掉，我要牠們活著。」

04　無知的傷害

「咦？小琪不是不在乎雞的死活嗎？」小琪媽媽納悶的問小琪。

「我當然會在乎呀！」小琪嘟著嘴說：「對於大的雞我是很討厭啦……能夠殺掉換錢我是不在意；可是小雞小小的很可愛，我當然不希望小雞死掉呀！」

「這樣還是有點殘忍，感覺妳不喜歡死掉也無所謂一樣……」

「本來就是這樣。」小琪說完，看著這批要孵出小雞的雞蛋。

自然課有教過雞的孵化，那時候課本上面印的小雞在雞蛋裡面的圖片有點噁心；可是小雞孵化出來的相片，卻是讓小琪深深地喜歡。也許是因爲一直都是獨生女，在學校也沒有特別要好的朋友，所以小琪的個性有些任性，不太好和其他同學相處；但是其實小琪的心中，卻也是很寂寞的。

「希望這些小雞可以健康的孵出來。」小琪看著雞蛋說著。

小琪媽媽的對小琪笑一笑說：「沒問題的，現在技術那麼好，將近八、九成的小雞都可以安全的孵出來的。」

「嗯！」小琪點了點頭。

「對了，爸爸給妳的圍裙，怎麼都沒有在穿呢？」小琪媽媽問著小琪。

「那一件圍裙……我不太想要穿來雞舍弄髒。」小琪回答著，眼睛還是緊盯著雞蛋。

小琪媽媽笑笑的說：「這樣不是本末倒置了嗎？就穿來雞舍用吧！」

「嗯……」小琪的眼睛還是盯著雞蛋，感覺很期待小雞的孵化。

「不用這樣緊張啦！破殼時間應該是今天晚上八點左右。」小琪媽媽把旁邊的用具整理了一下，把掃把什麼都擺整齊。

「嗯……可是人家還是很擔心。」小琪還是盯著雞蛋看，不是很願意離開雞蛋旁邊。

小琪媽媽看小琪那麼期待，笑笑著到其他雞籠去放飼料。

「小雞……要健康的孵化唷……」小琪小小聲的跟雞蛋說著。

會孵出小雞嗎？小琪原先不太在意，現在卻很希望小雞能夠順利孵出來。

到了晚上，雞蛋還是沒有什麼動靜。

小琪看著沒有變化的雞蛋，問著媽媽：「媽媽……這些雞蛋真的會孵出小雞嗎？」

04　無知的傷害

「會，等小雞孵化要有點耐心。」小琪媽媽點了點頭。

「是啊！一定會孵出小雞的。」

後面傳來聲音，原來是爸爸已經回來了。

「爸爸！」小琪開心的跟著爸爸打招呼。

小琪爸爸走到小琪身邊說：「小琪，妳不用擔心，小雞一定會孵化出來的。」

「嗯……」小琪看著雞蛋，希望能順利孵出小雞。

在這時候，突然有個雞蛋動了一下，倒了下來！

「咦？」小琪楞了一下。

倒下的雞蛋出現了裂縫，這讓小琪看了有點緊張！

「爸爸！媽媽！雞蛋破掉了！」小琪擔心的說著，用手指著那顆裂掉的雞蛋。

「小琪，不要緊張，妳仔細看。」媽媽指著雞蛋，跟小琪說著。

「嗯？」小琪仔細的看，旁邊的幾個雞蛋好像也有了反應，有的在正上方出現了裂縫，有的倒了下來微微地搖晃著。

這時一開始裂掉的雞蛋，裂縫出現了一個小缺口！隱隱約約的可以聽到小雞的聲音！

「啾啾啾啾……」隨著叫聲，小雞小小的頭一瞬間冒了出來。

「啊！是小雞！」小琪興奮的說著。

小琪爸爸和媽媽互相看了一眼，爸爸笑笑的說：「我去準備保護小雞的箱子和保溫燈。」說完小琪爸爸就先離開了。

陸陸續續有小雞誕生了！剛出生的小雞還站不穩，搖搖晃晃的想要站起來；身體也有一點濕濕的，讓小琪張大眼睛盯著看。

「牠們的身體濕濕的耶……而且好像也站不穩的樣子。」小琪擔心的問著媽媽。

小琪的媽媽摸著小琪的頭說：「剛出生的小雞身體都很虛弱，所以下面的乾草就是用來保護牠們，不會因爲跌倒受傷以及不讓牠們失溫。」

這群小雞身體呈現黯淡的金黃色，眼睛不斷的看著小琪發出「啾啾啾啾」的叫聲；小雞的身體並不大，剛出生的小雞比小琪的手掌還要小，而且仍然搖搖晃晃的站立著。

「這邊小雞的保溫箱準備好了喔！」小琪爸爸輕聲的喊著。

小琪媽媽小心翼翼的帶幾隻小雞，到小琪爸爸準備的保溫箱那邊去；小琪則是看著繼續努力啄著蛋殼、或是努力想要站起來的小雞。

其他蛋也慢慢孵化了，小雞們也慢慢破殼而出；爸爸和媽媽都忙著在清理著小雞、不讓小雞失溫或遭到病菌感染而忙碌著。

這時，小琪注意到其中有一個雞蛋，破殼的速度非常緩慢……和其他小雞相比，牠的速度不但慢，而且感覺起來非常的無力。

「怎麼了嗎？……殼比較硬出不來嗎？」小琪看著那個特別慢的蛋，小聲的說著。

殼總算破了一個小洞，但是小雞仍然沒有辦法鑽出來……這讓小琪看得非常著急……如果這隻小雞沒辦法自己出來，萬一在裡面餓死了怎麼辦？

小那隻小雞一直啄，裂縫才裂開一點點。看著其他的小雞都被帶去爸爸那裡的小雞保溫箱，只剩幾隻小雞和這個裂縫才啄開一點點的小雞，小琪決定幫一點忙。

小琪非常小心的將裂縫出弄更大塊的缺口，在小雞的頭探出來的瞬間，小琪把

04　無知的傷害

那隻小雞拉出來，放在乾草上。

「這樣就可以了吧？」小琪開心的看著這隻小雞，看著這隻小雞「啾啾」的叫。

「小琪！妳怎麼把牠拉出來了呢？」小琪媽媽有點大聲的問著小琪。

聽到媽媽突然大聲的說話，小琪有點驚嚇到。

「媽媽，怎麼了嗎？」小琪好奇的轉過頭去看媽媽。

小琪媽媽走過來看著被小琪拉出來的小雞，沉默了一下搖搖頭後說：「小琪……小雞在破殼的時候，有時候也會吃到一些殼增進自己的抵抗力。妳這樣把牠抓出來，對小雞來說是會有很大的傷害。」

「傷害？怎麼會呢？」小琪驚訝的回答。

「小雞在殼裡面，也和臍帶是連著的……」小琪媽媽把那隻小雞拿起來仔細觀看。

「臍帶……我以爲雞是卵生，就沒有臍帶……」小琪這時才想到，自然課本之前似乎就有寫！因爲一時緊張，小琪忘記了！

小琪問著媽媽：「那怎麼辦？牠會死掉嗎？」

「我不太確定……但是這隻小雞看起來很虛弱。」小琪媽媽把那隻小琪抓出來的小雞放回乾草上，把其他剩下的小雞帶到爸爸設置的小雞專區去。

小琪看著這隻小雞。小雞搖搖晃晃的想要站起來，卻又不太能站，虛弱的小雞小聲的發出「啾啾」的聲音，用大大的眼睛看著小琪。

「小琪……」爸爸走到小琪身邊。

「爸爸，對不起……我不知道會這樣……」小琪難過的對著爸爸說。

小琪爸爸看看那隻小雞，沉默了一下後說：「小琪……每個生物生下來都有自己的命運，凡事天公伯都有作自己的打算。」

接著小琪爸爸拿了一個小盒子，跟小琪說：「小琪，這隻小雞應該活不成了，爸爸把牠放進盒子裡面，等牠死掉後爸爸再拿去丟掉。」

說完後，小琪爸爸將小雞放到小盒子中。

就這樣死掉了嗎？小琪看著爸爸手中小盒子內的小雞。

可能小雞也知道自己的命運，牠一直看著小琪，發出「啾啾」的叫聲，那聲音

04　無知的傷害

聽起來就像是求救，也像是哭泣……

或許是自責，也或許是覺得很可憐……小琪忍不住阻止了爸爸。

「爸爸，等一下……」小琪伸出手拉住爸爸的衣角。

衣角被抓住的小琪爸爸問著：「小琪怎麼了？」

「爸爸……你不能救救牠嗎？」小琪放開爸爸的衣角說。

「這個嘛……」爸爸看看小盒子中的小雞，露出爲難的表情。

「拜託……爸爸幫忙想想辦法嘛……」小琪忍不住掉下了眼淚。因爲自己的魯莽無知，害了這隻小雞的性命，這不是小琪願意看到的。

小琪爸爸看到小琪這樣子，嘆了一口氣說：「唉！就試試看吧！」

「真的嗎？謝謝爸爸！」小琪聽爸爸這樣說，破涕爲笑。

小琪爸爸帶著這隻小雞，來到了特別製作的照顧小雞專區。

這個小雞專區有著特別的陶瓷保溫燈泡在上面照著，發出了不是很刺眼的光芒；旁邊也有一些紙板特別將邊邊隔高，避免小雞跳出去。

小琪爸爸將小雞放在盒子中說：「剛生出來的小雞，還很虛弱。在這個溫度控制的箱子中，也要觀察幾天。」

「要餵牠們吃東西嗎？」小琪看著這一窩剛出生的小雞。

「剛出生還不用，只喝水就好；過幾天腸胃順了，再餵牠們吃東西。」小琪爸爸觀察著這隻小雞，臉上露出皺著眉頭的表情。

這時小琪媽媽走了過來說：「燈罩也要調整一下，不然小雞容易得到眼睛的疾病。」

「眼睛的疾病？」小琪迷惑的問道。

「嗯！因爲小雞會看著燈泡，所以不用燈罩的話，燈泡光太強會傷害小雞的眼睛。」小琪爸爸在旁邊回答。

「嗯！」小琪擔心的看著這群還很小的小雞……特別是被自己拉出來的那一隻小雞，跟其他小雞比較起來，似乎比較小一點點，而且比較不太能站；那隻小雞搖搖晃晃的站起來，卻站不太久，又搖搖晃晃的趴下。

小琪媽媽看了，嘆了一口氣說：「啊……是剛剛那隻，怎麼也放在這裡？」

「因爲小琪說一定要救牠。」小琪爸爸看著那隻小雞回答著。

04 無知的傷害

「看樣子很難，不太樂觀。」小琪媽媽又嘆了一口氣後，沒再說什麼。

「我決定了。」小琪突然說：「我要把牠取名爲『多利』，希望牠能爲自己和我們帶來福氣和利益；『多福多利』的意思。」

「那怎麼不叫『多福』？」小琪爸爸感覺很好笑，卻不太敢大聲笑出來。

小琪看了爸爸一眼，困惑的說：「多福的名字，聽起來好像狗……」

「不管叫什麼，幫雞取名字真的很奇怪。」小琪媽媽搖搖頭。「況且……」

小琪爸爸對媽媽擺個手勢，小聲的說：「不要再說了……」

小琪看著多利，多利也用大大的眼睛看著小琪。

那眼神流露出的感覺，讓小琪心中猛然一震；雖然不懂爲什麼多利的眼神會讓自己那麼的介意，卻也說不出是什麼感覺。

如果明天，多利能夠恢復健康就好了……小琪暗自在心中默默的爲多利祈福，希望多利能夠恢復健康。

05.
決心

隔天早上醒來，小琪第一件事就是跑到雞舍看多利。

多利和其他小雞一樣，原本濕濕的毛已經乾了，和其他的小雞一樣，成爲毛茸茸的金黃色小雞，依偎在一起睡著；如果不是多利體型比較小，也許小琪就認不出來了。

「多利……」小琪輕聲喊著。

原本想多利可能不會有回應，但是多利卻張開了眼睛，看著小琪，發出「啾啾」的叫聲。

「多利！你認得我呀！」小琪開心的說著。

多利又「啾啾」的叫了兩聲，其他小雞也醒了過來；有的小雞像是多利一樣看著小琪叫著，一瞬間小雞專區變得特別熱鬧。

「哈哈……好可愛唷！」小琪開心的伸出手，輕輕的摸多利。

多利像是在撒嬌一樣，發出啾啾的聲音。

雖然看起來多利比較有精神了，但是和其他小雞比起來，多利的動作緩慢又安靜許多。

05 決心

「小琪，會擔心嗎？」旁邊傳來爸爸的聲音。

爸爸一早起來就要準備到望天宮廟口市場去賣雞，十年來如一日，從來沒有什麼放假之類的，爸爸的辛苦，小琪可以深刻體會到。

「爸爸早安……我還是很擔心多利，希望牠能健康的長大。」小琪看看爸爸，又繼續盯著多利看。

「嗯……爸爸看看。」小琪爸爸看看多利，還是皺著眉頭。

「這個嘛……牠可能沒有太多多餘的力氣跑來跑去，身體還很虛弱。」小琪爸爸到旁邊的工具箱，拿出了一個沒有針頭的小型針筒，並加了一點點水。

「我餵牠喝點水，不然可能太虛弱會沒辦法活下去。」小琪爸爸輕輕的將多利抱起來，餵了一點點水給多利喝。

小琪看看多利，擔心的問著：「只喝這一點點，沒關係嗎？」

「沒關係……才剛出生沒多久，喝太多腸胃容易不適。」小琪爸爸放回多利，把餵食針筒收起來。

小雞專區旁邊有著給小雞餵水的雛雞飲水器，小雞們可以隨時過去喝一點水。

以前古早的時候沒有這種飲水設備，都是用小碗或小碟子裝水，卻容易發生小雞溺死或是細菌感染的慘劇。

「其他小雞們會自己去喝水，但是……」小琪爸爸看多利還是緩慢的趴在乾草上，有點擔心的說：「這隻小雞，牠可能太虛弱，需要特別觀察。如果真的沒辦法，也只能放棄了……」

「不行！」沒有等爸爸說完，小琪大聲的說：「不管怎麼樣！我都要救活多利！」說完，因爲情緒太過於激動，眼淚又在眼眶內打轉著。

小琪爸爸看看小琪，又看看多利，露出了爲難的表情。

小琪爸爸當然希望這隻虛弱的小雞能夠活下來；但是，以他多年的養雞經驗，這隻體弱多病的小雞是先天的，如果當時這隻小雞沒有孵化、而死在蛋殼內也根本不奇怪；所以就算小琪沒有把牠拉出來，這隻小雞這幾天死掉的機率還是很大……

「如果不能喝水……」小琪看看多利，多利也張著大眼睛看著小琪。「那麼，就由我來親自照顧牠！」

「妳要怎麼照顧牠？」小琪爸爸問著。

05 決心

「白天我要隨時照顧牠，我要把牠放在房間裡面。」小琪回答著爸爸。

「什麼？小琪妳根本不用那麼做……」小琪爸爸持反對意見。

一隻小小的小雞，根本不用小琪這樣辛苦照顧；一方面覺得捨不得小琪這樣用心照顧這隻本來就虛弱的小雞，一方面也覺得爲了一隻小小的沒有什麼價值的小雞這樣做，根本不切實際。

「小琪，這只是其中一隻小雞，就算牠活不了，也不是妳的錯……」

「多利的健康我必須要負責任，我不希望牠死掉。」小琪堅決的說：「爸爸你不是說過，雞的生命也是很重要的，不是嗎？如果就這樣讓多利死掉，我會難過一輩子的！」小琪邊說，邊掉下了眼淚。

小琪爸爸看小琪堅決的態度，又看到小琪爲了一隻小雞還急得哭出來，感覺非常心疼……如果還不答應小琪，那又該怎麼辦？

小琪爸爸沉默了一下子，總算點點頭說：「好吧！爸爸答應妳。」

「嗯！謝謝爸爸！」小琪開心的笑了出來，抱著爸爸。

「啊……嗯……」小琪爸爸也不知道該說什麼，無奈的苦笑著。

雞舍外面傳來媽媽的聲音：「火旺！小琪！吃早飯了！」

小琪爸爸摸摸小琪的頭說：「走吧！我們先去吃早飯，等等爸爸還要到廟口市場賣雞。」

「好！」小琪開心的跑出雞舍，現在小琪的心中是真的相信多利可以健康的平安長大。

小琪爸爸看看多利，多利仍然沒有精神的趴著……

「唉……」爸爸皺著眉頭，深深地嘆息著。

*

一整天小琪心情都很好，幫忙打掃雞舍和整理物品外，也特別一段時間就去看這些小雞一次；小琪媽媽知道小琪的用心，也知道小琪要把多利養在房間內……雖然覺得可笑，但也不方便說什麼。

到了下午，這已經不知道是今天第幾次小琪跑去看小雞。

「小琪……妳真的要把那隻快死掉的雞養在房間嗎？」小琪媽媽忍不住問了出來。

05 決心

聽媽媽這樣說，讓小琪有些不是滋味。小琪不太高興的說：「多利才不會死掉，我一定會好好的照顧牠的。」

「可是……」小琪媽媽很不捨得小琪這樣……如果那隻小雞死在小琪房間內，不知道小琪會有多傷心……

「不然這樣吧……我會晚上多觀察幾次，妳就不要把那隻小雞放在房間內，大便很髒又很臭的。」

小琪媽媽原本以爲說大便臭，小琪就會放棄，沒想到小琪一點都沒有受到影響。

「我會清理乾淨的，媽媽不用擔心。」小琪認真的回答。

「這……」小琪媽媽想要再說點什麼，也不知道該怎麼說；對於小琪的固執，也是早就知道了。

小琪很小的時候，就很喜歡粘著爸爸。有一次爲了要去找爸爸，才二、三歲大的小琪竟然趁媽媽不注意時溜了出去，走了好久要去找爸爸；要不是媽媽趕緊出去找，小琪很有可能就這樣走不見了。

這不是好事呀……小琪媽媽心中想著。

「那麼，小琪妳打算怎麼養在房間內呢？」小琪媽媽看著小琪問。

「我打算先用箱子鋪一點點乾草，然後用保溫燈泡來控制溫度，像小雞專區一樣。」小琪找出一個小箱子，打算拿來當作多利的窩；那個木箱子說大也不會很大，說小也不會很小，把多利養在裡面似乎剛剛好。

小琪就這樣開始洗起那個木箱子，深怕會不乾淨讓多利身體受不了。

*

隔天，小雞們開始吃東西了。

小琪看著媽媽弄的飼料，問媽媽：「媽媽，小雞們吃的這些是什麼東西呢？」

媽媽把那個濃稠的飼料給小琪看。「這種飼料是專門給小雞吃的飼料；一點點粉狀的飼料調配適當的水，是專門給小雞吃的。」

媽媽把飼料放在一個小碟子上，原先小雞們還不敢靠近，但是過不久小雞們慢慢靠近小碟子，一點一點的在啄食著。

「牠們也不能吃太多，因爲腸胃還沒有很好。」小琪媽媽解釋著。

05　決心

這時小琪看向多利，多利也是搖搖晃晃的想要靠近；可惜身體太瘦弱，被其他小雞擠在外面，靠近不了小碟子。

「媽媽……」小琪有點擔心的看著媽媽。

小琪媽媽拿起餵食用沒有針頭的小針筒，弄了一點飼料到針筒裡面，交給小琪。

「小琪，用這個一點一點的餵牠吧！會餵嗎？」

小琪點點頭說：「嗯！我有看爸爸餵過多利喝水。」

小琪接過餵食針筒，把多利輕輕的抱起來，用針筒一點一點的餵；多利輕輕的啄食，感覺非常的安心。

「給我看看。」小琪媽媽輕輕的將多利抱過來檢查著。

「怎麼了嗎？」小琪擔心的問著。

「嗯……」小琪媽媽看著多利的身體說：「看起來毛還很乾淨，也沒有拉肚子的跡象；除了沒有什麼體力之外，看起來還好。」

小琪媽媽檢查完，把多利放回小雞專區內。

「真的嗎?太好了！」小琪很高興，總算聽到了多利的好消息。

多利發出「啾啾」的叫聲，看著小琪；小琪也看著多利，露出了安心的笑容。

*

「這樣子就可以了。」小琪爸爸用手擦擦汗。

晚上小琪爸爸回來，幫忙小琪在她房間設置了一個多利的窩；不管控制溫度的燈泡還是雛雞飲水器，都幫小琪佈置好了。

「哇！爸爸謝謝你！」小琪開心的抱著爸爸，能夠設置在房間內，小琪就可以隨時照顧多利了。

小琪媽媽也把多利輕輕的放到小琪房間內的新窩內；多利在進去後，緩慢的四處看著。

「多利！你身體比較虛弱，和其他小雞一起生活會沒辦法吃東西，所以由我來親自照顧你唷！」小琪開心的跟多利說話，並且用手輕輕的撫摸著多利。

「那隻小雞聽得懂嗎？」小琪媽媽對爸爸說著，爸爸聳聳肩笑著沒有回答。

「啾啾！」多利彷彿像是回答小琪一樣，發出了叫聲。

05 決心

「哈哈！好可愛唷！」小琪開心的笑著，從今天開始由小琪親自照顧多利，要讓多利健康的成長。

多利加入，讓小琪的人生起了重大的變化。

CHI CKEN

06. 小雞圍裙

原本虛弱的多利，在小琪的細心照顧之下，多利慢慢恢復了健康；這也讓小琪爸爸和媽媽覺得不可思議，那隻虛弱的小雞竟然真的存活下來了。

但是，多利卻出現了新的問題。

「啾啾！啾啾……啾啾啾啾……」

只要小琪不在，在小琪房內的多利就會一直叫著；這讓小琪有點納悶。

「爲什麼多利會一直叫呢？等我過去牠又不叫了。」小琪抱著多利，感到非常不可思議。

「也沒有什麼奇怪的呀……那是因爲小雞都很怕寂寞，所以會用叫的來呼喚妳呀！」小琪媽媽邊打掃，邊說著。

「你唷！真愛撒嬌。」小琪用鼻子去頂了一下多利。

「啾！」多利像是回答一樣。

小琪看看身上，並沒有可以放入多利的口袋，如果裝在袋子內提著，不但行動不方便，多利萬一窒息就糟糕了！這時候抱著多利的小琪，一時之間也不知道該怎麼辦。

06 小雞圍裙

「真是的……如果把你跟其他小雞放一起，你一定會被欺侮；放回房間的話，你又會叫……可是又不能把你隨便亂放……」小琪無奈的跟多利碎碎唸。

「啾啾……」多利只是看著小琪，叫了幾聲。

「沒辦法，只好讓你先回房間去。」小琪把多利放回房間，結果多利又開始叫了……

連續好幾天，都一直是這樣子。

*

雞舍的工作小琪越做越順手，不論是飼料或是整理上，效率也非常的好；同時也會開始關心起小雞們的狀況，盡量避免牠們有狀況發生。

小琪想把多利放回小雞專區，卻又擔心體弱多病的多利被欺侮。曾經把多利放回去一次，結果身體瘦小的多利馬上被其他小雞踩在身上，嚇得小琪又心疼又困惑。

這天小琪房間內又傳出多利的叫聲，聽起來像是哭一樣；小琪聽到後，走回房裡看。

多利似乎想要跳出小琪爸爸設置的箱子！這讓小琪又嚇得非常緊張，如果從箱子上摔出來就糟糕了！小琪走到多利旁邊，輕輕的把多利抱起來。

「多利！不可以這樣子呀……萬一你摔下來受傷了怎麼辦呢？」

小琪一邊唸，一邊輕輕的安慰著多利；多利在小琪的懷中似乎安心了許多，發出兩聲「啾啾」的叫聲後看著小琪。

小琪一邊餵多利喝水，一邊撫摸著多利；多利安安穩穩的在小琪身上瞇上眼睛睡著了。

「這麼快就睡著了，你這樣子愛撒嬌我會沒辦法做事情呀……」

小琪看著多利睡著，臉上露出了微笑；這一幕，也讓小琪媽媽看到了。

*

過了幾天，小琪媽媽把小琪叫過來。

「小琪，妳有發現妳會因爲多利的叫聲，沒辦法專心嗎？」小琪媽媽皺著眉頭問。

小琪點點頭，無奈的說：「是呀……把多利跟其他小雞放一起，會被其他小雞

06　小雞圍裙

踩到跟排擠，我會擔心；放多利自己在房間內，我又很不放心，牠會自己跳出來，我怕牠會摔到。」

小琪媽媽看小琪抱著多利，點了點頭。

「我記得妳小的時候，如果把妳一個人放在床上妳也會哭呢！我也要常常抱著妳，等妳睡了我跟妳爸爸才敢休息。」小琪媽媽說完後，笑了笑。

「嗯……」小琪露出苦笑。

照顧了多利，才曉得媽媽和爸爸的辛苦，小琪抱起多利，看了看。

「要是像無尾熊一樣把你背著，或是像袋鼠一樣有個大育嬰口袋裝著你那就方便了許多……」小琪邊抱怨邊對著多利笑笑的說。

「啾？」多利似乎對小琪說的話，一點也無法瞭解。

「無尾熊或袋鼠嗎？……小琪，妳等一下。」小琪媽媽說完，跑去小琪房間；過了一會，拿了不知道什麼東西回來。

「啊……這是……」

小琪媽媽拿的，正是之前爸爸送給小琪的圍裙；因爲小琪沒有刻意去雞舍的時候穿，就放在房間內一直沒有穿出來。

小琪看了看圍裙說：「可是……有圍裙也沒有用呀！這上面又沒有口袋。」

「沒有口袋，」小琪媽媽笑笑的說：「那我們就幫它做一個口袋呀！」

「可以嗎？」小琪開心的問著。

小琪媽媽點了點頭說：「當然可以呀！媽媽就去選一樣顏色的布，縫在上面好嗎？」

「縫一個口袋嗎？太好了！我也要幫忙！」小琪開心的對多利說：「多利！這樣你就不用擔心了唷！」

「啾！」多利睜著大大的眼睛看著小琪。

當天下午小琪媽媽去廟口買了一樣顏色的布，回來後開始幫小琪縫口袋到圍裙上。

「口袋要縫在什麼地方呢？」小琪媽媽問著小琪。

小琪看看圍裙說：「嗯……不然把口袋縫下面一點比較可愛。」邊說，邊指著圍裙接近中下方的位置。

06 小雞圍裙

小琪媽媽看了看小琪說的位置後說：「不行喔……太低的話，很有可能會踢到多利，多利會受傷；不然這樣，縫在胸口下面一點好嗎？」

「嗯！」小琪看了看後，開心的答應了；小琪馬上和媽媽加工那件圍裙，多利則是在旁邊的箱子內瞇著眼睛休息。

小琪爸爸回來後，看到兩人在縫著圍裙，好奇的問：「妳們怎麼了?怎麼縫東西在圍裙上呢？」

「爸爸！」小琪看到爸爸，開心的打了招呼後說：「因爲多利一個人在房間箱子內我會擔心，牠又會一直叫，所以媽媽說要縫口袋到我的這件圍裙上。」

「縫口袋？」爸爸歪著頭問。

「對!這樣我就可以像是袋鼠媽媽一樣，隨時照顧多利了！」小琪邊說，邊用手拍拍自己的肚子周圍。

爸爸點了點頭說：「這樣啊……那要注意，口袋太緊小雞會窒息；太鬆怕牠會掉出來。」

「嗯!所以媽媽特別要弄得大一點也鬆一點，這樣多利就可以安心的在我的圍

裙口袋了。」小琪說完，又繼續幫媽媽的忙。

小琪爸爸微笑著點點頭，接著又說：「對了，最近這幾天望天宮廟口那邊似乎不太穩定，聽說有人要收購廟口市場土地，進行什麼都市更新。」

「收購廟口市場……」小琪媽媽皺著眉頭回答。

爸爸接著說：「我也不太清楚，也是聽沈主委他們說的。不過，廟口的生意目前沒有影響，應該是沒問題吧！」

小琪的媽媽和爸爸邊談論著，小琪媽媽邊繼續縫製著口袋。到了晚上吃完飯後，小琪在房間內寫功課，縫圍裙的事情就暫時交給小琪媽媽。

小琪爸爸洗完澡後，邊拿著一個紙扇子搧著，邊跟小琪媽媽說：「珠美，這幾天我看小琪那麼喜歡小雞，我有在想過幾天等一些小雞大一點了，要不要帶些小雞去廟口賣？」

「賣小雞?不是不可以……會有人要買嗎？」小琪媽媽好奇的問著。

「我也不曉得，不過我算過成本，如果賣的價格可以，利潤等於跟養大牠們後一樣，這樣應該可以試試看。」小琪爸爸邊說，邊寫了一個數字給小琪媽媽看。

06　小雞圍裙

小琪媽媽看了一眼，考慮了一下後說：「也不是不可以，不過有必要嗎？」

「這幾天我想過了，如果順利的話，也許明年過年前就可以成立小餐館，這樣可以在過年期間有好的開始……所以，我想要先準備一筆錢，先開始在廟口附近找個地點開始準備。」小琪爸爸認真的解釋著。

小琪媽媽聽爸爸這樣說明，也點了點頭回應：「那你打算怎麼賣小雞？真的會有人買嗎？」

小琪爸爸點點頭說：「我想把攤位設在我攤位旁邊靠廟口市場的一個出口附近，讓小琪來幫忙賣小雞。」

小琪媽媽繼續縫製著，決定和小琪爸爸一起試試看；如果小雞有人買，這樣可以再多進一點雞苗，多賺一點。

*

「哇！謝謝媽媽！」

隔天圍裙的口袋就縫製好了！小琪開心的穿起來，並且摸了摸口袋；袋口的部份媽媽縫製得非常緊，口袋的大小也不會太大太鬆，剛剛好的大小對於多利來說擁有非常好的安全保護。

「多利！你在裡面看看吧！」小琪把多利放到口袋中。

「啾！」多利在口袋內，馬上把頭探出來，那個樣子真的跟袋鼠寶寶差不多；看到多利的樣子，小琪和媽媽也就開心的笑了出來。

「哈哈哈……多利這樣好可愛唷！」小琪開心的笑著說：「媽媽，謝謝妳！」

「不用客氣，這樣妳也可以方便許多。」小琪媽媽也是帶著開心的微笑；看了看小琪和多利後，小琪媽媽突然說道：「對了，妳爸爸要我跟妳說，希望妳過幾天去廟口市場幫忙。」

「幫忙什麼？」小琪好奇的問。

「妳爸爸說，希望能挑幾隻健康的小雞，帶去廟口市場賣看看。」小琪媽媽邊說，邊準備了一個小箱子。「當天鋪些乾草，讓小雞在裡面給大家看。」

「哇……賣小雞當寵物嗎？」小琪邊說邊問著媽媽；多利則是探出頭來看著。

「對！」小琪媽媽說：「爸爸說看到妳這麼喜歡多利，想要試試看有沒有人也喜歡養小雞，這樣他可以多進一點雞苗，養的小雞也可以提早獲得利益。」

06　小雞圍裙

「嗯！我知道了！」小琪邊說邊看著多利。「多利！太好了唷！也許有人也會喜歡養小雞，這樣你就可以多出一些朋友了唷！」

「啾！」多利像是回答一樣，發出了叫聲。

「哈哈……多利你真的好可愛呢！」小琪笑笑的跟多利說著。

有了圍裙後，小琪和多利幾乎形影不離，小琪每天也就開心的照顧多利；除了照顧多利之外，小琪在幫忙照顧其他雞舍的小雞也更加用心，對於成雞或雛雞飼料的調配、環境的照顧，也越來越在行。

「哈哈哈！多利，那個不能啄啦！」

多利看到小琪在用竹掃把掃地，在口袋內的多利就一直啄那個竹掃把，逗得小琪一直笑。

原先體弱多病的多利，也慢慢的健康了起來，很快的從多利出生到現在，平安的度過了兩星期的危險期；也可以準備帶一些健康的小雞到廟口去試賣了。

*

今天原本和往常的日子一樣，望天宮廟口人來人往的；但是突然外面一陣騷動，伴隨著有人尖叫和救護車的聲音。

「外面怎麼了？」小琪爸爸問著旁邊的攤販。

「剛剛去看，是望天宮失火了。」攤販回答著。

「啊？望天宮失火了？」小琪爸爸一臉錯愕的樣子，接著問：「那有沒有怎樣？有沒有人受傷啊？」

「聽說有小孩子受傷了，送去醫院了。」旁邊的人七嘴八舌的說。

「對啊！那個火好大！消防車還差點進不來咧！」

小琪爸爸擔心的問：「那火撲滅了吧？」

「撲滅了，可是聽說有小孩子進去救人，結果被嗆傷了。」

「好可怕啊！」

一群人還是吵吵鬧鬧的說著，不過還好似乎不嚴重，這也讓小琪爸爸鬆了一口氣；下午廟口市場又恢復了人潮，並沒有被望天宮失火影響到。

「過幾天開始賣小雞看看吧！」小琪爸爸看著這樣的人潮，似乎挺令人期待的。

07. 廟口小雞

「哇！要準備那麼多隻小雞嗎？」小琪看著爸爸問。

小琪爸爸特別準備了擺放在廟口市場販賣的攤位，準備開始販賣小雞；這麼多隻小雞，要挑選大概二十隻小雞去試賣。

「要選比較健康、漂亮的，好看的金黃色毛也會讓客人比較喜歡。」小琪爸爸邊檢查著小雞的健康，邊把小雞放到準備的箱子裡。

箱子內的小雞「啾啾啾啾……」叫個不停。

「多利，你看看這些小雞，也有可能會像你一樣被當作寵物雞唷！」小琪對著多利說，多利探出頭來回應了一聲。

「啾！」看起來就像是回答小琪一樣。

「爸爸，那我要在廟口市場哪邊賣小雞呢？」小琪問著爸爸。

小琪爸爸邊把東西搬到車上，邊回答著小琪：「我有和沈主委談好，靠近廟口市場出口的旁邊有個小位子，就在我的攤位旁邊一點點而已，我們可以在那邊把小雞箱子放著，給路過的客人看。」說完後用掛在脖子上的毛巾擦擦汗。

「嗯！希望可以讓小雞們都找到一個家！」小琪開心的說著。

07 廟口小雞

小琪和爸爸坐上車後，跟小琪媽媽招招手。

「路上小心，要聽爸爸的話喔！」小琪媽媽叮嚀著。

這個暑假小琪幾乎都在家裡跟雞舍，很少跟著爸爸一起到攤位上；今天特別出去販賣小雞，讓媽媽有點擔心。

「媽媽不用擔心啦！只是去廟口呀！」小琪跟媽媽揮揮手，露出了笑容。

「啾！」多利也對著窗外叫了一聲，似乎像是在回應小琪媽媽一樣。

到了廟口市場，爸爸把車停好後就開始準備工作；小琪就坐在旁邊和多利還有小雞在一起。

「哈哈……想當初牠們都好小，多利你也好小，現在都變成金黃色的小雞到處亂跑了呢！」小琪邊看著其他小雞，邊對著多利說。

小琪爸爸把小雞箱子擺在旁邊的位置上，對著小琪說：「今天天氣很熱，不要讓小雞們曬到太陽，也要注意小雞的狀況喔！」

「好。」小琪回答著爸爸，也動手整理箱子內的乾草，確認今天帶來的幾個雛雞餵水器都有裝滿水。

小雞們熱熱鬧鬧的啾啾叫，讓其他人也都多看了幾眼；這時小琪把多利放在地上，多利竟然會跟著小琪到處跑。

「啾啾……」跟在小琪後面的多利，彷彿在抱怨小琪沒有抱牠，跟在身後叫著。

「多利好聰明，還會跟著跑呢！」小琪開心的對著爸爸說。

「是啊！」小琪爸爸點了點頭說：「雞也通人性，跟著妳久了也是會多少知道妳的習性；像妳叫牠，牠也會知道不是嗎？」

小琪點點頭說：「嗯！多利真的很聰明呢！」

市場慢慢熱鬧起來，小琪也把多利放回口袋，坐在小凳子上看著箱子內的小雞。

小琪邊調配著雛雞用的飼料粉，放到一個小碟子中讓小雞們去啄食；也準備了一小碟給多利吃，多利邊啄食邊看著小琪。

「多利怎麼了嗎？今天吃不太下嗎？」小琪看多利吃了一些後不吃了，就準備了一些水給多利喝；多利喝完後就窩在小琪的口袋中，瞇著眼睛睡著了。

07　廟口小雞

「哈哈！吃飽就睡，好像養了小豬不是小雞呢！」小琪看著瞇著眼睛睡覺的多利，忍不住開了玩笑。

「啾啾！」不知道是不是多利聽到了小琪說的壞話，好像抗議一樣叫了兩聲。

「被你聽到了。」小琪看著多利，彷彿像是一個母親一樣，安心的看著眼前的小雞。對於多利，小琪真的是很用心的照顧著，隨時都會擔心多利，也會爲了多利開心或難過。

小琪想到有一次多利翻過箱子差點掉下來，感到又生氣又難過，所以那天小琪不是很開心；多利竟然也好像知道小琪在生氣，所以像是在跟小琪撒嬌一樣，輕輕的啄了幾下小琪後啾啾叫著。

那樣子看起來就像是在道歉，模樣真的很可愛。

「哇！好可愛的小雞唷！」

兩個小孩子跑了過來，小女孩的聲音似乎很興奮，看到小雞很開心的樣子。

另一個小男生走了過來，輕輕的抱起一隻小雞捧在手上說：「是啊！摸起來暖呼呼的。」一邊說，兩個眼睛盯著小雞看著。

小琪看兩個小孩很開心的樣子，笑笑的問：「你們也喜歡小雞嗎？」

小女孩用手抱起一隻小雞，高興的說：「對呀！小雞抱起來暖呼呼的，感覺也好可愛唷！」

小琪笑笑的點點頭，看了看口袋的多利，將多利輕輕的抱起來捧在手中說：「是呀！我自己也有養一隻小雞，我走到那裡都會一直帶著牠。」小琪讓他們看看多利，多利也醒來在小琪的手上看著那兩個小孩子。

小女孩看著小琪手上抱的小雞，小聲的問：「感覺起來……小姐姐妳懷中那隻小雞特別小隻呢……」

「是呀……」小琪聽小女孩這樣說，輕輕的摸摸多利的頭，小聲的說：「因爲這孩子身體特別瘦弱，所以我特別照顧牠，希望牠能爲自己還有我們帶來幸福，所以我叫牠多利唷！」

「多利……」小男孩想了一下說：「聽起來蠻像狗狗的名字。」

「不是狗狗啦！是雞。」小琪聽小男孩這樣說，露出尷尬的微笑。

「很多人會養小雞當寵物嗎？」小男孩又問著。

07 廟口小雞

小琪搖搖頭，摸著多利的頭說：「很少人會把小雞當寵物，這裡附近的人也是把雞當作飼料雞在養，等時間到了就把雞殺掉、吃掉了。」

「什麼？……也要把多利吃掉嗎？」小女孩看著多利和眼前「啾啾」叫的小雞，似乎快哭了出來，眼眶開始充滿眼淚……

小琪搖頭說：「我不會把多利吃掉啦……多利是我最心愛的朋友，我不可能捨得吃掉牠的。」

旁邊的一位阿嬤喊著：「快一點，我們還要到醫院看玉婷啊！」

小琪看了一眼那位阿嬤，只認得是望天宮內的人……不過因爲不熟，就沒有說什麼……不過她說的玉婷，記得好像是隔壁班的同學，表演布袋戲鍾藝師的孫女……

小女孩轉過頭來跟小男孩說：「柯柯，你阿嬤在催促我們要快一點，還要去醫院看玉婷姐姐。」

叫柯柯的小男孩點點頭，站起身牽著小女孩說：「那我們走吧！賣小雞的小姐姐謝謝妳。」

「不客氣，有空再過來玩唷！」小琪對著兩個小朋友揮揮手，多利似乎也發出道別「啾啾」的叫了兩聲。

「小雞好可愛唷！」小女孩笑笑的說著。

兩個小孩子走了以後，也有其他的孩子過來看，連觀光客都會稍微瞄一下小琪攤子上的小雞，但是一直都沒有人買，大部分人都是摸一摸、看一看就走了。

「小琪，似乎沒有人要把小雞當作寵物呢！」小琪爸爸看著小琪說。

小琪無奈的嘆了口氣，對著多利說：「小雞也很可愛呀……你說對不對，多利。」

「啾！」多利發出一聲回應著。

經過一整天的忙碌，小琪也很累了，一整天照顧小雞卻沒有賣出去一隻，讓小琪又無奈又覺得可惜。這些小雞如果沒有成爲寵物雞，那長大後就會被爸爸帶去殺掉……雖然不會殺掉多利，但是看著其他照顧過的小雞，小琪也覺得很不忍心。

「明天還要再試一天看看嗎？」小琪爸爸問著。

小琪想了一下，點了點頭說：「嗯……好。」

07 廟口小雞

爲了幫小雞找到主人，再辛苦一點也是沒關係的。

小琪跟著爸爸整理攤位後，跟著爸爸坐回車上；暑假期間太陽下山都比較晚，快六點半了天還是有些亮。

小琪爸爸邊開著車，邊問著小琪：「今天大家看小雞都只是看看，沒人買嗎？」

「嗯！」小琪點點頭回應：「大家都是看一看、摸一摸，沒有人要買；還有老太太聽我說是賣當成寵物雞的，露出了不敢相信的表情，還碎碎唸『把小雞當寵物，頭腦壞掉』……」

「呃……這樣說啊！」小琪爸爸也露出了奇怪的表情，說：「那不然不要賣了吧！沒有人買，擺攤也很辛苦啊！」

「可是……」小琪猶豫著說：「這些小雞如果不能成爲寵物雞，下場就是被爸爸你殺掉給人吃掉了……」

「那也沒關係啊……雞本來就是養來賣掉、吃掉的啊……」小琪爸爸邊開著車邊回答著。

小琪抱著多利說：「那樣太可憐了啦……明天我再賣一天看看。」

「啾！」多利看著小琪，邊啄邊發出聲音。

「啊……多利，我沒有生氣啦……你不用安慰我呀！」小琪笑笑的對著多利說著，用鼻子去碰多利的嘴。

小琪爸爸好奇的問：「咦？牠以爲妳在生氣嗎？……不對，妳怎麼知道牠以爲妳在生氣？」

「就是知道呀！」小琪摸摸多利的頭說：「多利很聰明的，牠都會知道我什麼時候生氣，什麼時候難過呢！」

「那麼，什麼時候教牠握手？」小琪爸爸開玩笑的問著。

小琪笑了出來，說：「多利又不是狗……而且多利也不會伸手呀！」

「說得也是！哈哈哈……」小琪爸爸大聲的笑了出來。

「說到狗……」小琪看了看車窗外，剛好跟外面一隻很髒的狗四目相對。

「我剛剛看到的那隻狗……身上好髒喔！而且眼神也好兇。」小琪跟爸爸說著。

07　廟口小雞

「喔……可能是野狗吧！市場也有很多野貓野狗。」小琪爸爸邊開著車，邊回答著。

車子終於開到家了，小琪也開心的跟媽媽打招呼：「媽媽！我回來了唷！」

「回來啦！快點和爸爸洗手，來吃飯喔！今天晚上媽媽煮了你們最愛吃的菜了唷！」小琪媽媽開心的說著。

「哇！好豐富喔！」小琪開心的說。

「啾啾！」多利看小琪那麼開心，似乎也爲小琪高興著。

三人一小雞，就這樣開心的聚在一起……只要彼此間互相擁有對方和自己的愛，那不管什麼情況下都會幸福的。

*

「吼嚕嚕嚕嚕……」剛剛的野狗毛又髒又臭，眼神露出了兇光。

幾隻一樣很髒又很兇的野狗，出現在剛剛小琪看到的野狗後方，似乎也是一起看著同一個方向。

剛剛看到的野狗聚在一起。這群野狗之後會爲雞舍帶來什麼樣的恐怖後果，小

琪根本想不到……

＊

「哈哈哈……多利會吃白飯了耶！」房屋內傳來小琪開心的笑聲。

月光下，野狗目露的兇光讓人不寒而慄……

08. 紅緞帶

「還是沒有人要買寵物小雞呢……」小琪氣餒的說著。

經過了三天廟口的擺攤，仍然沒有人買寵物小雞。住附近的人說雞不是寵物，只買大隻可以吃的雞……甚至還有人說「這麼小隻根本吃不飽，還賣那麼貴」；觀光客也嫌麻煩，根本不想跑來這邊買小雞。

「還是算了吧！租攤位也是要成本的，我明天去和沈主委說，就不要再賣小雞了。」

和爸爸在回程的車上，雖然小琪很希望能夠幫這批小雞找到新主人，但是沒有人買是事實……現在也只能放棄了寵物小雞的想法了。而且暑假作業也還沒有寫完，真的不適合再耗下去了。

「嗯……也只能這樣了。」小琪嘆了一口氣後說。

「啾！」多利又探出頭來，似乎在安慰著小琪一樣。

小琪摸摸多利的頭後說：「謝謝你。」

「對了，小琪！」小琪的爸爸邊開車邊問：「妳明天是不是學校要返校？」

「嗯！暑假過了一個多月，明天是返校日。」小琪摸著多利的頭說。

08　紅緞帶

「那明天什麼時候放學？」

「中午，要我再去廟口幫忙嗎？」小琪問著。

小琪爸爸搖搖頭回答：「不用不用，這幾天妳也很累了，回到家先休息吧！下午再幫忙雞舍就可以了。」

「好。」小琪點點頭。

小琪爸爸看了多利一眼問：「那麼……妳那隻雞應該不能帶到學校去吧？妳打算怎麼做？」

「對唷……」小琪看了一眼多利，想了一下。

放回雞舍去，又怕被其他雞欺侮……放在房間，又怕牠亂跑跳出箱子……還是先放到雞舍的小雞專區好了，應該不會被欺侮才對。

「只好先放到雞舍去了，不然我擔心牠跳出房間的箱子。」小琪邊說邊看著多利，多利只是「啾」了一聲看著小琪。

「喔！這樣也好。」小琪爸爸點點頭，轉眼間已經回到了家裡。「好，我們準備下車吧！」

雖然不賣小雞了，但是這幾天雞肉攤的業績一直不錯，因此小琪的家裡大家心情還不錯。

晚餐的時候，小琪發現多利竟然學會特定的動作！

「爸爸！媽媽！你們快看！」小琪開心的喊著！

小琪伸出手來，多利的尖嘴巴就輕輕的啄著小琪的手掌，這時候小琪小聲的喊著：「停！」多利就不啄了。接著小琪又喊著：「好！」多利又開始啄著小琪的手掌。

「看！多利看起來就像聽得懂我的話，對不對？很像握手吧！」

爸爸和媽媽互看了一眼……真的覺得很納悶。養雞那麼久了，怎麼都沒看過像多利這麼聰明的小雞？

「小琪……妳是怎麼教的？」小琪的爸爸驚訝的問著小琪。

小琪露出得意的表情說：「我把這招叫作『握手』！因爲多利也沒有手可以伸出來，所以我就讓牠啄我手上的粉狀飼料；等到牠學會啄手掌後，我再教牠聽到我說『停』的時候停下來，然後我就再給牠粉狀飼料吃。」

08　紅緞帶

「能把小雞訓練成這樣，真的很厲害！」小琪爸爸笑笑的說：「接下來就讓多利跳火圈、後空翻了！」說完爸爸用手比了一個圓，然後另一隻手的手指做出跳過去的動作。

小琪笑了出來，說：「不可能啦！跳火圈太離譜了……雞也不會後空翻啊！」

「雞不會後空翻嗎……」小琪媽媽想著，似乎真的沒看過雞後空翻。

小琪摸摸多利的頭說：「多利最聰明了！」

「啾！啾！」多利像是回答一樣，叫了兩聲。

「多利最乖了！」小琪開心的抱起多利，用鼻子去碰多利。

爸爸媽媽看小琪那麼開心，互相微笑了起來；看到小琪有這麼大的改變，真的感覺到這是很大的收穫。

*

隔天返校日，就是回去學校打掃、聽老師說「暑假快結束」和「不要忘記暑假作業」等等的叮嚀。

一下課，小琪就快速的離開教室，這時候被老師叫住。

「莉琪，等一下，老師有事情要問妳。」老師招了招手，小琪只好走到老師面前。

「老師，怎麼了嗎？」小琪揹著書包，想快點回家看多利。

「就是……」老師看著一張單子，跟小琪說：「是這樣的，學校過幾個月有一個校外作文比賽，是教育局的比賽……我想推薦妳代表學校參加。」

「作文比賽？」小琪張大眼睛問著。

「對，上次的作文比賽，老師覺得妳的作文感情雖然不夠豐富，但是只要好好的更改寫作方式，很快就會有很大的進步……」老師滔滔不絕的說著，小琪則是看著老師。

「所以，莉琪，妳就代表學校參加好嗎？不論有沒有得名次，志在參加不在得獎……」老師說完後，給了小琪一張單子。「這是這次比賽的資料，妳就拿回去看，放完暑假再回答我就可以了。」

小琪把單子收回書包，跟老師揮手說：「好，老師再見。」

「嗯！莉琪再見。」老師也微笑著跟小琪說再見。

08 紅緞帶

小琪走出學校，一路上想著多利，並沒有多想比賽的事情；這時候小琪經過了一個飾品小攤位，眼睛突然被某樣東西給吸引住了！

小攤位並不起眼，放滿了五花八門的小飾品；平常小琪對於小飾品並不是那麼有興趣，而且零用錢也不多，連看都不會想看一眼。

但是今天不一樣，有個小飾品讓小琪看得目不轉睛……是一條紅緞帶。

小琪靠過去小攤子，似乎對那條紅緞帶特別有興趣。

「嗯？同學看看唷！」小攤位上是一位漂亮的女孩子，看到小琪靠近親切的跟小琪打招呼。

小琪點點頭，看了一下其他小飾品，似乎只有紅緞帶吸引小琪的目光。

「我們有很多裝飾品唷！現在暑假也很適合搭配便服出去玩的時候戴；妳看看這個髮圈，很適合妳唷……」攤位上的女孩子很努力的推薦著。

「這個……」小琪指了指紅緞帶。

「這個嗎？」女孩子看了一眼紅緞帶，笑笑的說：「這條紅緞帶很可愛吧！我

只有一條唷！」

爲什麼這條紅緞帶會那麼吸引小琪呢？小琪拿起紅緞帶，緞帶的顏色感覺起來就是非常的好看。

「喜歡嗎？」女孩子笑笑的問著小琪。

小琪看了看紅緞帶後，小聲的問：「這條紅緞帶……多少錢呢？」

女孩子這時候看了看小琪，小聲的說：「如果妳喜歡，姐姐算妳便宜。一百元好嗎？」

「一百元嗎？」小琪看了看放零用錢的小皮包，一百元可以吃三天的中飯了……

到底要不要買呢？小琪有點陷入了掙扎……

*

「我回來了。」小琪回到家喊著。

「回來了呀！」小琪媽媽用毛巾把手擦乾，從廚房走出來說：「小琪，洗一洗手來吃飯吧……咦？人呢？」媽媽從廚房出來只聽到聲音，沒看到人。

08 紅緞帶

小琪把書包一放下，就跑到了雞舍看多利。

「多利！多……哇！」小琪忍不住叫了一聲！

小雞專區滿滿的小雞，要從一群小雞中找到多利，似乎也不是一件很簡單的事！一時之間小琪認不太出來那一隻是多利！

以前因爲小雞沒有很多，多利又比較小一隻，所以就算放一起也很好認；但是隨著小雞增加、大家的體型都有稍微大一點點，這下讓小琪傷腦筋了！

「這隻嗎？……不是……這一隻嗎？……不是……多利！啊……不是。」小琪就這樣一直找，似乎看不到多利。

「對了！還有這一招！」小琪突然想到「握手」那一招，伸出手掌來……一群小雞蜂擁而上！開始啄小琪的手！

「哇！你們幹嘛啦！」小琪把手縮回來，雖然不是很痛，但是被那麼多小雞啄感覺也不太舒服。

「多利！多利！」小琪心一急，喊了多利的名字，想說多利一定會有回應……沒想到小雞們也是一起叫得更大聲！

小琪看著毛茸茸的小雞，卻無法從裡面分辨出哪一隻是多利……多利被其他小雞同化了嗎？就這樣不認得小琪了嗎？

接下來長大後……就被爸爸載去市場……殺掉嗎？

也許還會傻傻的被人吃下肚子……

一想到這裡，小琪忍不住哭出來了！就這樣站在小雞專區前面哭著！

「嗚嗚嗚嗚……多利！多利！」小琪越哭越傷心……這時媽媽走進雞舍，看到小琪在哭。

「小琪！怎麼了嗎？」小琪媽媽嚇了一跳，趕緊走到小琪身邊。

「多利……多利牠變成普通小雞了……嗚嗚嗚嗚……」小琪邊哭邊哽咽的說著；旁邊的小雞則是一群大聲的叫著。

「變成普通小雞？」小琪媽媽苦笑著把圍裙拿給小琪。「先不要哭……我幫妳把圍裙洗乾淨了，先穿起來吧！」

小琪邊流眼淚，邊把圍裙穿起來。這時突然有一隻小雞，邊叫邊一直原地跳著。

08 紅緞帶

「啾！啾啾！啾……」

「嗯？是多利嗎？」小琪仔細看……真的是多利！小琪高興的把多利抱過來，多利也就直接跳到圍裙的大口袋中。

「啾！」跳入大口袋的多利，伸出頭來像是對小琪叫著。

「多利！太好了！我還以爲你變成普通小雞忘記我了！」小琪高興的抱起多利，用鼻子去碰多利的嘴。

「啾啾！」像是在回應小琪一樣，多利也高興的叫了兩聲。

看著小琪這樣又哭又笑，小琪媽媽啼笑皆非的說：「真是的！就是那麼愛哭！原來是找不到多利啊！看妳哭成這樣，害我還以爲發生什麼事了呢！」

「對不起嘛……我真的以爲多利不見了……」小琪害羞的低下頭，真的好丟臉。

小琪媽媽指著小雞專區說：「妳一定都看前面，多利在後面妳一定都沒看到對不對？唉！就只知道哭……」媽媽碎碎唸著，讓小琪越來越不好意思。

「啾！」多利用無辜的眼神看著小琪。

「啾什麼啦！還不是因爲你……害我哭得那麼慘、又被媽媽罵……」小琪小聲的跟多利抱怨，臉上充滿無奈的表情。

中午吃完飯後，小琪帶著多利回到房間後開始寫暑假作業，寫著寫著，突然發現還在書包裡的紅緞帶。

小琪把紅緞帶拿出來說：「對喔！一回來就忘了！多利，我幫你買了紅緞帶喔！」小琪邊說邊把多利抱起來放到書桌上，原本閉著眼睛在休息的多利，突然醒了過來。

「啾！啾啾！」似乎在抱怨的多利，叫了幾聲。

「哈哈！不要生氣嘛！我特別買了紅緞帶唷！」小琪邊說邊把紅緞帶綁在多利的脖子上。

「哈哈！很可愛呢！」小琪笑笑的看著多利。

多利金黃色的羽毛配上紅色的緞帶，非常的亮眼也非常可愛。紅緞帶小琪不敢綁得太緊，簡單的在多利脖子上綁了一個蝴蝶結。

「蝴蝶結很漂亮吧！這個緞帶我可是用三天的午飯錢買給你的唷！」小琪高興

的摸摸多利的頭。

「啾！」多利似乎也很滿意，對著小琪叫了一聲像是道謝一樣。

小琪對著多利說：「這樣子呀！以後就不用擔心找不到你了。紅色緞帶很適合你呢！」

小琪抱著多利跟多利一起玩，小琪已經習慣了有多利陪伴的日子；有多利的陪伴，就有歡笑。

08　紅緞帶

09. 廟口騷動

今天小琪來到廟口支援爸爸，順便把茶葉帶過來。

「爸爸，這是媽媽要我拿來給你的茶葉。」小琪邊說邊把茶葉拿給爸爸。

小琪爸爸接過茶葉，摸摸小琪的頭說：「小琪，謝謝妳。多利還在妳的口袋嗎？」

「對呀！多利還在口袋裡。」小琪開心的對著圍裙口袋喊：「多利！」

「啾！」多利冒出頭來，似乎像是在打招呼一樣。

小琪和爸爸笑成一團！多利真的跟普通的雞不一樣，不但聰明又似乎懂得小琪的話，這讓小琪非常的高興。

小琪爸爸也很感慨……看著眼前和多利相處很愉快的小琪，在一個多月前根本就完全想不到，小琪會那麼喜歡小雞。

廟口今天仍然非常熱鬧，人來人往的感覺起來像是天天都在辦祭典的樣子；小琪抱著多利，往門外走去，打算到處看看……突然，廟口外一片騷動。

「怎麼了嗎？多利，我們去看看。」小琪對著多利說。

「啾！」多利叫了一聲。

09 廟口騷動

小琪跑出廟口市場，意外的發現廟口外面一陣騷動！好幾台的工程車和工人，一起跑到廟口市場前面！帶頭的一個穿西裝男子用擴音器喊著：「今天要把廟口市場拆掉！請大家趕緊撤離！」

「現在是在上演那一齣戲？」旁邊的人問道。

「聽說有建商跟政府說要都市更新，所以跑來要強拆我們廟口啦！」大家七嘴八舌的說著，現場感覺起來非常的混亂！

工程車跟工人團團擠在外面，擠得外面水洩不通；望天宮的人和廟口市場的人也都跑出來看。

「怎麼會這樣呢……」小琪抱著多利，多利則是用擔心的眼神看著小琪；隨著現場越來越混亂，多利躲在小琪圍裙口袋裡發抖。

這時旁邊傳來細小的聲音：「請問……」

「嗯？」小琪聽到聲音，轉過頭看到之前賣小雞時見過的兩個小孩。「是你們呀……」

「請問，發生了什麼事情？」小男孩問著小琪。

小琪指著工程車那裡說：「我和爸爸今天來望天宮市場想要賣雞，結果一早就碰到他們說都市更新要把市場拆了……要我們快點離開……」

小琪邊說，邊緊張的看著；現場的氣氛越來越緊張！

「今天也是賣小雞嗎？」小女孩小聲的問著。

小琪搖搖頭說：「不是……今天是爸爸要來賣長大的雞……」

遠處的工程車發出很大的聲音！讓三人嚇了一跳！小琪緊緊的抱著在口袋中的多利，感覺得到多利也很害怕的樣子。

「哇！發生什麼事了？」小男孩望向那邊，推土機緩緩的朝市場移動過來！

「小琪！快點過來！」市場裡面有人喊著，小琪轉過頭去發現是爸爸。

「好！我馬上過去！」小琪聽到後跑去爸爸那邊！

小琪爸爸緊張的說：「不知道推土機會不會跑進來！幫個忙把東西快點收一收！我去準備把車子開過來！」

這時又聽到了外面大家叫喊的聲音！似乎望天宮附近的人都跑了過去，工程車還持續發出大聲的聲音！

09　廟口騷動

小琪邊收拾整理著，緊張的問著爸爸：「推土車真的會跑進來嗎……」

「碰！」的一聲！讓小琪緊張的叫了一聲！

「先別說了！我去把車子開過來，我們準備把雞籠跟雞都帶走！」小琪爸爸說完跑去停貨車的望天宮廟口停車場。

「好！」小琪邊整理著，邊緊張的看著外面……場面越來越混亂，推土機緩緩的開過來！而開過來的方向，剛剛那兩個小孩也在那邊！

「多利！我要跑過去，你忍耐一下喔！」小琪輕輕的拍著口袋中的多利。

「啾啾……」多利緊張的叫著。

小琪趕緊跑到那兩個小孩子身邊，隱約的聽到小女孩在哭著。

小琪大聲喊著：「不要待在那邊！快離開！」

「啊……賣小雞的小姐姐……」小男孩看到小琪。

「叫我小琪姐姐……不要靠近市場，太危險了！」小琪把兩個人帶到稍微旁邊的地方，將兩人放在那邊。

「嗚嗚嗚嗚……好可怕……」小女孩嚇得一直哭。

「不要哭……」小男孩安慰著小女孩。

「啾！」多利突然從小琪口袋中鑽出頭來。

小女孩突然看到多利，馬上不哭笑了出來：「啊！是多利！」

「是呀！是多利。」小琪笑笑的安慰著小女孩：「妳看！多利也叫妳不要哭唷！」

小女孩輕輕的摸摸多利暖呼呼的身體，情緒也安穩了許多。

過了不久，警察過來將那個西裝男子帶走後，工程車也開走了。

人群散了後，似乎也恢復了平靜。

小男孩牽著小女孩說：「走吧！我們去看看玉婷姐姐！」說完後，兩人跑走了。

「玉婷？」小琪看了一下，發現是廟口布袋戲鍾藝師的孫女，鍾玉婷，也是小琪隔壁班的同學。看這樣的狀況，似乎是鍾玉婷剛剛在騷動中被黑西裝男子給毆打了……

「啊！爸爸那邊！」小琪突然想到，又跑回爸爸的攤位上；許多人也驚魂未定

09　廟口騷動

的在談論著。

看到爸爸也回到攤位上，小琪跑到爸爸身邊。

「小琪！怎麼樣了呢？工程車呢？」小琪爸爸問著。

「剛剛有警察來，好像把帶頭的人抓走了。」小琪回答著。

「這樣啊……」小琪爸爸也大概聽到了狀況，至少知道應該沒事了。「真的是嚇死人了！天公伯保佑！」

小琪鬆了一口氣，大家慢慢恢復了正常，客人也慢慢回來了。

「對了，我剛剛在那邊也有看到沈主委伯伯。」小琪邊摸著多利的頭，邊跟爸爸說著。

「沈主委嗎？……對喔！這個茶葉也要拿給沈主委。」小琪爸爸把東西整理了一下，交給小琪說：「跟上次一樣幫我拿給沈主委，好嗎？」

「嗯！好。」小琪點點頭，拿了茶葉。

「對了，多利沒事吧？」小琪爸爸指著在圍裙口袋中的多利。

「啾！」多利探出頭來，似乎沒有受到驚嚇。

小琪爸爸點點頭說：「沒事就好……小雞身體很容易受到驚嚇，妳動作那麼大，牠又放在妳的口袋裡，很容易身體就被影響到了……」

小琪擔心的摸一摸多利說：「真的嗎？多利對不起喔……」

多利用大大的眼睛看著小琪，喊了兩聲「啾啾！」似乎在告訴小琪自己沒有事情。

「沒事就好！」小琪笑笑的摸著多利，接著跟爸爸說：「那我先去主委辦公室，等等回來。」

「好，麻煩妳了。」小琪爸爸點點頭。

小琪準備走去找沈主委。走到廟口出口附近時，發現了是剛剛在跟自己說話的小男孩跟小女孩，以及剛剛好像被捲入風波的鍾玉婷。

小琪走過去問著小男孩和小女孩：「你們沒事吧？」

「嗯！我們沒事。」小男孩向小琪點點頭。

「啾啾！」多利從小琪的口袋探出頭來，叫了幾聲；那個模樣真的可愛極了！

旁邊的鍾玉婷突然從椅子上跳了起來！這讓小琪驚訝的看著鍾玉婷。

09　廟口騷動

「那、那是小雞？」鍾玉婷突然緊張的問著小琪。

「是小雞呀！」小琪抱起多利，放到鍾玉婷面前說：「這是我養的小雞，名字叫多利唷！」綁著紅色緞帶的多利，就在小琪的手掌中乖乖的坐著。

「啾！」多利叫了一聲。

「不、不要拿過來！我最怕暖呼呼又軟綿綿的小動物了！」鍾玉婷邊喊著邊往旁邊離開！

「玉婷！等等我！」跟在鍾玉婷旁邊的女同學趕緊跑去追鍾玉婷，兩人瞬間跑掉了！

「哈哈……原來玉婷姐姐怕軟軟的小動物呀！」小男孩笑笑的說著。

「多利明明很可愛呢！」小女孩摸著多利，和小琪相視而笑。

「是呀！多利很乖呢！對了，我還不知道你們的名字呢！」小琪問著兩個小孩子。

「我是柯柯，這個女孩子是我的鄰居，叫嘉嘉。」小男孩酷酷的說著。

「柯柯和嘉嘉呀……你們沒事就好，剛剛推土車超級靠近你們的說，害我都好緊張呢！」小琪苦笑著說。一想到剛剛推土車往他們方向開去，小琪都快嚇死了。

「謝謝小琪姐姐。」柯柯有禮貌的說著。

「小琪姐姐！多利真的好可愛喔！我以後可以常常來找牠玩嗎？」叫作嘉嘉的小女孩開心的問著。

「可以呀！歡迎你們常常來玩。」小琪笑笑的說，突然又問：「對了，嘉嘉和柯柯，你們會覺得……會覺得養小雞當寵物很奇怪嗎？」

「奇怪？」柯柯看了多利一眼。「不會啊！爲什麼會奇怪呢？」

「是呀……我覺得多利真的很可愛呢！要是可以的話我也真想要有一隻呢……只可惜媽媽一定不會允許的。」嘉嘉邊摸著多利邊說著。

小琪聽到嘉嘉和柯柯這樣說，覺得很高興……終於有人不把小雞當成肉在看待！但是一想到以前的自己也是這樣，總覺得以前的自己有些任性外，也有些太殘忍了……

「只要妳願意，隨時都可以來找多利玩唷！」小琪跟嘉嘉說著。

「真的嗎！謝謝小琪姐姐！」嘉嘉開心的對著小琪說。

09 廟口騷動

「啾！」多利在嘉嘉的手上左右搖晃著，看起來就像是在跳舞一樣！

「哈哈！好可愛唷！」嘉嘉忍不住的稱讚著！多利開心的玩著；有了紅緞帶的多利，充滿著活力。

小琪突然想到要去沈主委伯伯那邊，就和嘉嘉還有柯柯道別，前往主委辦公室。

*

「主委伯伯？」小琪到了主委辦公室，敲敲辦公室的門；小琪看到沈主委伯伯正坐在辦公室裡面，還有一個白髮蒼蒼的老人坐在旁邊。

「嗯？」沈主委抬起頭來，看到了小琪，說：「喔！小琪呀！妳先等我一下，有什麼事嗎？」

「啊……主委伯伯，這是我爸爸媽媽要我拿來給您的金萱烏龍茶茶葉。」小琪走到茶桌旁邊說：「……那我放這邊好嗎？」

「喔！好，謝謝妳喔！小琪。」沈主委伯伯笑笑的點點頭。小琪看了一眼主委伯伯的辦公桌，桌上一堆文件放得滿滿的。

白髮蒼蒼的老人問著沈主委：「茶葉？是你給我喝的茶葉嗎？」

「對啊！小琪家的茶葉真的很好喝……對了！她就是賣雞的小張的女兒啦！」主委伯伯指著小琪說。

老人看著小琪，似乎像是想到了什麼。「賣雞……賣雞小張……啊！是以前養雞張的孫女？」

「是啊！老房東您說的『養雞張』，是小琪的阿公，她沒見過啦！」主委伯伯邊說邊笑著。

「是啊！是啊……」老人站起來看著小琪，接著問：「妳爸爸現在還在養雞嗎？」

小琪點點頭說：「嗯！我現在跟爸爸媽媽一起養雞。」

這時候多利從口袋鑽出來，冒出頭叫著：「啾！」

「這樣啊……」老人看著多利，笑笑的說：「我記得妳爸爸還小的時候，很討厭養雞呢……沒想到他會繼承妳阿公的工作，真的很不錯。」

小琪聽老人這樣說，好奇的問：「我爸爸……小時候不喜歡養雞嗎？」

「是啊！」老人點點頭說：「他不喜歡養雞，可是他很喜歡煮菜……我還記得他後來有去學煮菜。」

「嗯！我知道爸爸會作菜……只是不知道爸爸以前不喜歡養雞。」小琪把多利抱起來。

老人點點頭說：「看妳那麼喜歡小雞，也會幫爸爸媽媽的忙嗎？」

「嗯！我喜歡照顧小雞……」小琪說完指著多利說：「牠叫做多利，我希望牠能帶來大吉大利，所以叫作多利。」

「嗯！把小雞放在圍裙口袋，真是可愛。」老人邊說，邊瞇著眼睛看著多利；多利也用大大的眼睛歪著頭看著老人。

「好好珍惜緣份。」老人邊說，邊摸摸多利。「人生就像驛站一樣，要好好珍惜身邊的人事物；光陰似箭，想要抓住的幸福，一轉眼就會消失得無影無蹤了。所以要好好的孝順父母，珍惜身邊的人。」

小琪雖然不是很瞭解老人爲什麼這麼說，卻還是點點頭。

這時沈主委走了過來說：「老房東，這份文件麻煩您一下……」主委轉過頭來看到了多利後說：「小琪還把小雞隨身帶著啊？」

「是呀！把牠單獨放在家我會擔心。」小琪笑著回答。

「嗯！對了，謝謝小琪妳們家的茶葉，每次都讓妳送來真的謝謝妳。」主委伯伯親切的笑著，但是仍然掩飾不住他臉上的黑眼圈，看起來就像熊貓在笑一樣。

「好了……這樣可以嗎？」老人把文件交給沈主委。

「可以、可以，這樣就可以了……對了，過幾天就有搶孤的活動，老房東會去看嗎？」沈主委問著。

老人點點頭說：「會啊……這次回來台灣，就是想要待個一陣子……這裡真的令人懷念呢！」

「好，那過幾天一起去看吧！」沈主委跟老人說完後，轉過頭問著小琪：「小琪，妳也要去看嗎？」

「搶孤嗎……」小琪看著多利，擔心的說：「可是我擔心人多的地方，會嚇到多利呢！」

「這樣啊……」沈主委說：「不然妳問問爸爸，要不要過去看看；剛好那天有

09 廟口騷動

些住戶也會去。他不是要找地點開小餐館嗎？我剛好可以介紹一些人給妳爸爸認識。」

「好，我會問看看爸爸的。」小琪說完後，有禮貌的打招呼離開了。

回到攤位上，小琪把剛剛沈主委伯伯說的話轉述給爸爸聽。

「喔？沈主委這樣說嗎？」小琪爸爸用手摸著下巴，想了一下後說：「好啊！那天我們就去看搶孤活動吧！」

「真的嗎？」小琪有點興奮的說著。

雖然望天宮這附近每年都會辦搶孤的活動，但是小琪也好幾年沒去看了；這次去看也可以好好的替望天宮加油。

「啾！」多利冒出頭來，叫了小琪一聲。

「多利，那天我們一起去看吧！」小琪把多利抱起來，用鼻子輕輕的碰著多利。

10.
心連心

「哇！多利你看！好多人來喔！」小琪高興的喊著。

「啾啾！」探出頭來看的多利，眼神也充滿著好奇。

搶孤活動非常的盛大！所謂的搶孤，就是讓人爬上去搶順風旗，祈禱人們風調雨順、國泰民安；但是高聳的柱子卻又塗滿了牛油，讓人感覺到爬上去將會有一場硬戰。

小琪爸爸和沈主委打招呼，也和小琪之前在主委辦公室內碰過面的老人在說話著，看得出來似乎小琪爸爸和沈主委以及老人談得很愉快；小琪就和多利一起在位置上看著搶孤活動。

活動開始後，望天宮隊伍一直努力的爬著，小琪也抱著多利一起爲望天宮隊伍加油著。

小琪看看多利，原本膽小的多利，已經慢慢的不會害怕人群了。也許是待在小琪身邊很安心、也或許是從心底就相信著小琪，感覺起來多利和小琪都非常的幸福。

「多利！」小琪微笑的看著多利。

10　心連心

「啾！」多利在小琪圍裙口袋內，抬起頭看著小琪。

小琪把多利抱起來，捧在手心裡跟多利說：「多利……我一直以來，沒有很要好的朋友，也沒有跟家人好好相處過……」

「啾？」多利歪著頭看著小琪。

「真的謝謝你，多利……是你讓我感覺到了自己並不孤單，而有了活著真好的感覺。這都是多利你的功勞！謝謝你，多利！」小琪用鼻子輕輕的碰觸著多利。

「啾啾！」多利也像是在跟小琪撒嬌一樣，開心的享受著這一刻。

安心的多利和小琪，靜靜的享受著喧鬧中的沈靜；彼此的心隨時都是連結在一起的……

*

「哇！危險啊！」現場觀眾大家都驚呼了一聲！

快速往上爬的望天宮隊伍，一個不小心的從高處掉了下來！

「哇！多利！」小琪原先專注的看著比賽，那一瞬間也忍不住撇開頭不敢看！

多利「啾啾」的叫了兩聲。

過了一會兒，小琪才敢又張開眼睛看，發現下面有網子接住了那個掉下來望天宮隊伍的人；不過因爲這樣的緣故，也只能把冠軍拱手讓人了。

「多利……」小琪望著多利，苦笑著說：「真是千鈞一髮呢！沒想到比賽會這麼刺激。」

「啾！」多利叫了一聲，把頭躲到口袋中。

「哈哈……多利你不要怕，比賽已經結束了唷！」小琪溫柔的安慰著多利，讓多利不再感到害怕。

「小琪！」小琪爸爸走過來。「爸爸等等要和沈主委還有老房東一起去辦點事情，等等妳可以自己一個人回去，跟媽媽說一聲嗎？」小琪爸爸邊說邊把一些吃的東西拿給小琪。

「好，我知道了。」小琪點點頭，把東西接了過來，是一些糖果餅乾。

「嗯！路上小心喔！」爸爸說完，摸摸小琪的頭就又過去跟沈主委他們說話。

這時夜空也放起了煙火，爲這個暑假假期劃下了一個完美的句點；在許多人的心目中，快樂的暑假將永遠留在大家的心中。

10　心連心

「走吧！多利，我們回去吧！」小琪站了起來，輕聲的跟多利說著。

「啾」多利像是回答，叫了一聲。

小琪揮揮手，跟爸爸說：「爸爸，那我先回去了喔！」

「喔！好！路上小心！」爸爸也揮揮手。

「沈主委伯伯、老房東爺爺，那我先回去了，再見。」小琪也禮貌的跟兩人道別。

沈主委笑笑的說：「好，那有事情再來主委辦公室找主委伯伯喔！」

老房東則是笑笑的揮揮手，繼續和小琪爸爸說著話。

小琪刻意的避開人潮擁擠的地方，回到了望天宮廟口；遠遠的像是有看到柯柯和嘉嘉，小琪走了過去。

「柯柯和嘉嘉？」小琪打了聲招呼。

「啊！是小琪姐姐，妳也來了嗎？」柯柯看到小琪興奮的說。

嘉嘉也大聲的說：「哇——是小琪姐姐！多利呢？」嘉嘉開心的跑到小琪身邊問著。

「啾！」多利又從口袋中探出頭來，讓嘉嘉高興的抱著多利。

「哇！是小雞女！」旁邊的鍾玉婷看到小琪，刻意的站遠幾步距離。

小琪尷尬的說：「我不叫『小雞女』……我的名字叫『張莉琪』，妳可以叫我小琪。」

「可是我怕小雞呀……」鍾玉婷躲在旁邊的女同學身後，微微地發抖著。

「哎呀！玉婷真的好膽小唷——」女同學刻意將尾音拉得長長的說：「沒想到天下無敵的玉婷，會被小雞嚇到發抖呢！」

「真是的！嘟嘟不要笑我嘛！」鍾玉婷嘟著嘴抗議。

「來嘛！妳來看看這隻小雞。」女同學靠過來，看著嘉嘉手上的多利，笑笑的說：「小小的身體、金黃色的絨毛，還有看起來非常軟的身體……」說完突然臉靠近多利，冷冷的又笑了一聲說：「嘿嘿……是不是很好吃呀！『人蔘小雞煲湯』之類的。」

「啾！」多利似乎被女同學嚇到，叫了一聲！

「咦……要吃掉嗎？」嘉嘉眼睛泛著淚問。

10　心連心

「不可以吃！」小琪不太高興的把多利抱回來！多利還微微地發抖著。

「對喔……」鍾玉婷像是理解了一樣，點點頭說：「只要煲成湯，我就不會怕了。說不定還會吃好幾碗小雞呢！」說完後「哈哈哈！」的笑個不停。

「請不要用這樣開朗的表情，來談論著把多利吃掉好嗎！」小琪不高興的抗議著，也摸著一直發抖的多利安慰著。

「哈哈哈……」鍾玉婷和女同學笑得很開心。

「這……這樣的行爲比外星人侵略地球還過份。」柯柯冒著冷汗，看著鍾玉婷和她的好朋友嘟嘟小聲的說著。

「快點來！望天宮裡面有準備大餐喔！再不來要吃完了喔！」遠遠的好像是剛剛爬搶孤柱子，掉下來的那個人在對嘉嘉她們喊著。

「好！」柯柯回頭回應著，接著問小琪：「小琪姐姐，妳也要帶多利來吃嗎？」

「對嘛！對嘛！帶多利來玩嘛！」嘉嘉也拉著小琪的圍裙說著。

「謝謝妳們，不過我要快點回去，不然媽媽會擔心。」小琪摸摸多利，把多利放到圍裙口袋中。

柯柯點點頭，拉著嘉嘉的手說：「那小琪姐姐再見，我們先進去了喔！」

「多利掰掰！」嘉嘉邊被拉進去，邊跟小琪還有多利揮手。

「那我們也要去吃了！小雞女再見啦！」鍾玉婷也揮揮手，跟女同學一起走進去。

「不知道會不會真的有『小雞煲湯』可以吃呀？」遠遠的還聽到鍾玉婷問著女同學。

「當然不會有呀！望天宮準備的一定是素食呀！」女同學笑笑的說著。

「真可惜……哈哈……」兩人邊笑邊走進望天宮裡。

小琪聽著兩人的對話，不太高興的自言自語：「這兩個人是怎樣……真的超討厭的……」抱怨完，小聲的對著多利說：「走吧！我們該回去了唷！」

「啾啾！」多利也像是回答一樣的叫了兩聲。

結束活動後的廟口人潮也蠻多的，夜晚的廟口則是呈現出了繁華熱鬧的感覺；小琪帶著多利往回家的路上走去。

10　心連心

平常這附近農田居多，光害也比較少。小琪和多利走在路上，看著夜晚的月亮。

「多利，今天的月亮真的很漂亮呢！」小琪對著多利說。

「啾啾！」多利回答似的叫了幾聲。

「多利真的是好可愛呢！」小琪笑笑的說著。

小琪的家離廟口並不會很遠，大約走路十五分鐘的距離；平常這樣的鄉下出入的人也算單純，可以說是非常和平的地方。

突然，多利在圍裙口袋中劇烈的翻滾著！

「咦？多利？多利你怎麼了嗎？」小琪也發現了異狀，擔心的問著！

「啾啾啾啾！」多利像是察覺到了什麼一樣，叫得非常的激烈！

「到底怎麼了嗎？多利……」小琪蹲下來，把多利捧在手中……發現多利身體發抖得很厲害！

在多利發抖的同時，路上的空氣突然變得非常的不尋常……

「吼嚕嚕……吼嚕嚕……」從遠處的草叢，傳出來恐怖的低吼聲……

「咦？」小琪看著草叢，一臉驚恐的表情。

風吹過草叢，隱約中看到了黑黑的軀體，伴隨著一種噁心腐敗的臭味；小琪全身汗毛都豎了起來，冒著冷汗！跟多利一樣，全身也開始像是不聽指揮一樣……開始顫抖著！

從草叢中走了出來……一隻眼神帶著殺氣的生物！

「……狗？」小琪驚訝的看著眼前的狗。「啊！是那天我在車子內……看到全身很髒的野狗！」

＊

「我剛剛看到的那隻狗……身上好髒喔！而且眼神也好兇。」

「喔……可能是野狗吧！市場也有很多野貓野狗。」

＊

野狗……因爲雞舍有房子擋著，就算是偶而在外面走的雞也有籬笆防護著，因此對於野狗野貓小琪家裡並不是很在意。而且大部分野狗都在廟口附近徘徊，並不會來到農田這附近……

10　心連心

「吼嚕嚕嚕嚕……」那隻很髒的野狗，發出低吼聲，眼睛透露出了兇光！接著從這草叢中又走出來幾隻野狗！

「啊……啊……」小琪很害怕……她想要站起身來，卻感覺到膝蓋強烈的發抖著！

「啾啾啾啾！」多利更加緊張的掙扎！大聲的叫出聲音！

小琪緩緩的站起身……不敢太大的動作，怕刺激到野狗……同時因爲恐懼的關係，平常動作自如的小琪，現在也感覺非常的害怕！

野狗似乎被小琪的動作刺激到，大聲的吼了出來！

「吼汪——」

這一聲叫聲讓小琪嚇到跌坐了下來！屁股重重的坐在地面上！

「嗚嗚嗚嗚……好痛……」小琪發覺時，發現口袋中的多利因爲剛剛的猛烈振動，竟然彈了出來！

「啾啾啾啾！」多利坐在地上，揮動著小小的翅膀像是在求助一樣！

「多利！」小琪害怕的叫著多利，多利就落在眼前不遠的地方。

野狗被多利的叫聲刺激到！帶頭最髒的野狗大聲的吼叫著！

「吼汪！」叫完後朝多利衝了過來！

「多利！」小琪大聲的叫了出來！用身體抱住多利想要用身體保護多利！

一切就像是變成慢動作一樣……多利的叫聲、野狗的叫聲……甚至野狗嘴巴內噁心的腐臭味，都像是慢動作一樣播放著……

小琪突然想到和多利的點點滴滴……一開始從蛋裡抓出來的多利、在房間箱子內孤單的多利、有了可愛紅緞帶的多利……多利是否會想到就在今天，在小琪的眼前被野狗撕裂吞下肚……

和多利快樂的日子，即將劃下了句點……

11. 風暴

能感覺得到野狗口內的惡臭和喘息的熱氣，野狗已經衝到了小琪的面前！

「不要——」小琪緊緊的抱著多利，大聲喊著！

突然一陣騷動！伴隨著狗的哀號聲！小琪緊緊的閉著眼睛，一動也不敢動的抱著多利。

「凹嗚！」小琪似乎聽到了野狗的慘叫聲，以及有人在揮舞著什麼東西的聲音……慢慢的感覺野狗離開了自己身邊，慢慢的周圍恢復了安靜。

「啾啾！」多利在小琪的雙臂下，輕輕的叫著。

「妳沒事吧？」一個男孩子的聲音。

小琪這時才敢張開眼睛，發現眼前的男孩子拿著一根大木頭，看起來像是工地常用的木頭。

「……有沒有受傷？」男孩子把木頭丟在地上，問著小琪。

「啊……多利！多利你沒事吧？」小琪趕緊抱起多利，查看著多利。

「啾！」多利看起來似乎沒事，用大大的眼睛看著小琪。

「多利！多利你沒事太好了！」小琪開心的抱著多利。

11　風暴

「什麼啊……原來是小雞啊！」男孩子看著多利說。

「啊……」小琪趕緊站起身，跟男孩子道謝：「是你把野狗趕跑了嗎？謝謝你！」邊說，邊向男孩子彎下腰敬禮。

「不用客氣。」男孩子看著小琪的臉說：「咦？你是不是賣雞的張伯伯的女兒？」

「啊……對，你是誰？」小琪滿訝異這個男孩子認得她，好奇的問著。

「我是廟口孩子王小傑，妳不認得我嗎？」男孩子神氣的問著。

小琪搖搖頭對著小傑說：「對不起……我不曉得……不過我現在知道了，謝謝你小傑。」

「哼……也沒辦法，妳比較少在廟口混，在學校我們也是不同班的，不知道也不能怪妳。」小傑看著小琪，又說：「走吧！我送妳回家，不要又被野狗攻擊了。」

「好，謝謝你，小傑。」小琪放鬆的回答小傑。

小傑和小琪走在回家的路上，小琪抱著多利。

小琪問著小傑：「那個……真的謝謝你救了我和多利，你怎麼會在這邊呢？」

小琪邊問，邊看著在自己圍裙口袋內的多利。

「也沒有什麼……我剛好住附近要回家，結果聽到狗叫聲，和吵鬧的聲音，所以剛好過來看到妳……」小傑轉過頭問：「我剛剛看妳，趴在地上一動也不動，怎麼不逃跑呢？」

「我……」小琪害羞的低下頭說：「那時候只想到要保護多利，所以沒有想到要逃跑……」

「嘖……妳那種保護方式，只會讓妳的小雞被吃掉而已。」

聽到小傑這樣說，小琪無奈的低下頭；確實是像小傑說得那樣，如果小傑沒有來救自己和多利，別說多利會被吃掉，搞不好連自己都會受傷。

「遇到剛剛的狀況，一定要提起勇氣，保護自己要保護的對象……不管是小雞或是自己在意的人事物。不要怕，要提起勇氣來！」小傑堅定的說著。

「勇氣……」小琪低下頭看著多利。

沒錯……自己在乎的事情不去保護，又有誰會保護呢？今天被小傑救已經算是

11 風暴

不幸中的大幸了……在想的同時，終於走回到了小琪的家。

「我家裡到了，小傑真的謝謝你。」小琪再一次向小傑道謝。

小傑揮揮手酷酷的說：「不用客氣！下次不要一個人回家，有野狗出沒很危險的！」說完後，小傑就走了。

小琪推開了家裡的門，這才發現，爸爸要自己拿回來的糖果餅乾都在野狗那邊掉了……

「小琪？小琪妳回來啦！」小琪媽媽看到小琪問著：「爸爸呢？爸爸沒有跟妳一起回來嗎？」

「沒有，爸爸和沈主委還有老房東爺爺去談事情了。」小琪回答後，走回房間把多利放回箱子裡。

「怎麼這樣呢？叫妳一個人回來……等他回來我要好好唸唸他……」媽媽邊碎碎念，邊往外面看去。

小琪想到剛剛的事情，若不是小傑出手搭救，恐怕多利已經被咬死了……一想到這裡，小琪就難過得趴在床上哭了出來。

「啾！啾！」多利在箱子裡叫著。

小琪擦擦眼淚，把多利抱到自己床上……多利似乎想安慰小琪，用小小的嘴巴輕輕的啄著小琪。

「對不起……我沒有保護好你……對不起……」小琪哭得非常的傷心，她已經無法想像失去多利的自己會是什麼樣子了……

那種深沈的悲哀，一定不是外人能體會的；多利不但是自己最心愛的寵物，更是家人、永遠的好朋友。

「多利……多利……」小琪輕輕的抱著多利，眼淚滴在多利的身上。

「啾……」多利像是安慰著小琪一樣，輕輕的靠在小琪的身上。

不管再發生什麼樣的事情，小琪永遠不想跟多利分開……永遠也不想。

*

「啊……天氣變得很奇怪，風又很大……看來要刮颱風了。」小琪爸爸看著天空，擔心的說著。

11 風暴

「別扯開話題！那天你讓小琪一個人回來！害她差點被野狗咬，你都不用表示嗎？」小琪媽媽生氣的責怪著爸爸。

「小琪，對不起，爸爸錯了。」小琪爸爸走到小琪面前道歉。

「沒關係啦……」小琪突然感到不好意思，對著爸爸說：「我並沒有受傷呀……而且爸爸也是爲了工作，我不會生氣的啦！」

「真的對不起。」爸爸苦笑著，對於小琪的貼心也感到很自責。

風越來越大，氣象報告也說要有颱風要登陸了；這天爸爸特別停下廟口賣雞的生意，在雞舍裡面進行防颱準備。

「小琪，那邊的飼料袋幫我拿到高一點的地方放好嗎？」小琪媽媽對著小琪說。

「好！」小琪把飼料袋放到了高一點的地方，也順便去看看在小雞群內的多利。

多利一樣被其他小雞擠在後面，不過因爲有紅緞帶，小琪還是能夠一眼認出多利；多利邊「啾啾」叫著，邊靠近小琪。

「多利等等唷！我有很多防颱的準備工作要做，等我忙完再帶你回房間唷！」

小琪邊說邊摸摸多利的頭，安慰著多利。

突然旁邊有小雞去啄多利的紅緞帶，多利立刻回啄回去！兩隻小雞就這樣吵了起來！

「啊！不可以吵架啦！」小琪趕緊把多利和那隻小雞拉開。

防颱準備非常的麻煩，除了怕風太強之外，也很怕雞舍會淹水；小琪爸爸到處在補強雞舍，深怕風太強會吹壞雞舍。

「應該可以了……媽媽，有把飼料和水都補齊了嗎？」小琪爸爸問著。

「有補齊了！那麼家裡也要準備，我們先撤出雞舍吧！」小琪媽媽邊回答，邊把一些飼料放到高一點的地方。

小琪爸爸走過來對著小琪說：「走吧！我們回去家裡，雞舍這邊我要把鎖給鎖好。」

「好，多利我們走吧！」小琪把多利抱起來，多利「啾！」了一聲躲到小琪的圍裙口袋裡。

11　風暴

關上了雞舍的門，三人一起離開。

＊

晚上，小琪在房間內跟多利玩。

開學後，小琪在上課期間只能把多利放在雞舍的小雞專區內。雖然多利已經脫離了小雞出生的危險期，但是身體跟其他小雞比起來仍然瘦弱很多；這一點讓小琪時常下課就趕緊回家照顧多利。

「多——利————」小琪拉長著音，跪坐在床邊看著床上的多利。

「啾！」多利邊回應，邊用嘴啄了一下床鋪。

「哈哈！多利你好厲害！剛剛那是敬禮嗎？」小琪開心的笑著。

外面的風雨越來越大，這一次的颱風可以說是暑假結束才來，算的上是秋颱了。

「秋天來的颱風……老師說比夏天的颱風還要可怕呢……」小琪邊跟多利玩，邊自言自語著。

小琪打了個哈欠，小聲的對著多利說：「多利……我累了。」

「啾！」多利回應了一聲，讓小琪輕輕把自己抱起來。

小琪把多利放回箱子後，對著多利說：「多利，晚安嘍！我把燈關起來了唷！」小琪說完後，關燈只留下多利的微弱保溫燈後休息。

晚上的風雨越來越大，多利偶而會小聲的叫個幾聲。小琪睡得很熟，幾乎是一覺到了天亮。

早上了，天空露出了太陽公公的笑容，肆虐一晚上的暴風雨就像是離開了一樣，完全感受不到一點颱風的氣息。

小琪被「啾啾啾……」多利的聲音吵醒，揉揉眼睛看著窗外……

「哇！出太陽了耶！真的好棒唷！」小琪開心的對多利說。

「啾啾！」多利叫了兩聲。

小琪把粉狀飼料弄好後給多利吃。多利已經可以慢慢換掉雛雞的飼料，可以開始在裡面加一些成長中的雞飼料給多利吃。

今天剛好是開學後的週日，這也讓小琪開心的梳洗完、穿好衣服後，打算帶著多利去外面好好晃一晃。

11 風暴

「太好了！天氣變好了，我們可以到外面去散步嘍！」小琪開心的帶著多利，推開大門準備好好享受這個假日！

「啾！」多利看起來心情也很好。

隨著陽光照耀下來，小琪看到爸爸和媽媽就站在雞舍前面。

「爸爸媽媽早安！」小琪快速的跑到爸爸媽媽面前，開心的打招呼。

然而爸爸和媽媽沒有說話，只是看著雞舍；小琪看爸爸媽媽這樣，也跟著一起看向雞舍。

映入眼簾的，是殘酷的畫面……

雞舍有一部分倒塌了，而一部分的雞泡在水中……失去了生命跡象。

「怎麼會這樣……」小琪看著眼前的景象愣住了……

「啾啾啾啾……」只有多利的叫聲持續著，彷彿周圍陷入了無聲的境界。

充滿著死亡鐘聲，卻又無聲的環境中。

12. 無聲與重建

雞舍毀了……並不是因爲小琪爸爸沒有補強好的關係，而是雞舍附近有一棵樹，似乎撐不住強颱的襲擊，樹幹硬生生的斷成兩段，斷掉的樹幹也壓垮了一部份的雞舍。如果是在白天，一定可以即時發現即時救助；但是在深夜中，外面的風雨又那麼強，根本沒有辦法發現。雨水積到雞舍比較低的地方，除了許多被水淹死的雞外，也有部份雞被壓在重重的雞籠下面……

這樣的慘況，和外面溫和的太陽形成了強烈的對比。

小琪爸爸爲了防止死掉的雞爆發雞瘟，一隻一隻的把死掉的雞丟到自己的貨車上；小琪媽媽則是照顧著倖存的雞，開始清理著。

小琪也沒有閒著，她整理著小雞專區。經過一個晚上的摧殘，小雞群的小雞們就直接躺在已經溼透的乾草上，眼睛沒有生命的看向著虛無的遠方。

「全滅嗎……」小琪媽媽看了一眼，就離開了小雞專區。

「啊……」小琪邊把死掉的小雞一隻一隻放到一個箱子內，發現了其中一隻小雞似曾相似。

就是昨天去啄多利紅緞帶的小雞……因爲牠有被多利啄掉幾根翅膀上的羽毛，

12 無聲與重建

所以小琪記得很清楚。

原本在昨天還很有元氣的在跟多利打架，今天的牠則是冰冷的趴在小雞專區的角落……看得出來是因爲失溫，所以努力的靠在角落想要維持住生命，卻仍然熬不住濕冷的強風……

小琪看著保溫的燈泡和燈罩，燈泡因爲雨水的關係早就破掉了，就算是已經脫離了危險期的小雞，也很難在這場劫難中存活下來。

「嗚……」小琪忍耐著不哭出來，眼淚卻一直在眼眶中打轉，心中有如刀割般的痛苦；小琪知道爸爸媽媽同樣心痛，所以咬著下嘴唇，盡可能的不要哭出聲音……

「啾啾……」或許是感受到了悲傷，多利抬起頭來看著小琪。

小琪邊清理著小雞專區，也看了孵化室……破掉的雞蛋露出了一小部份雛雞的軀體，尚未到孵化時間的雛雞被外力給弄破蛋殼，因此這些雛雞們就這樣死在蛋中……許多蛋的旁邊還流出了蛋白……

是嗎……除了小雞專區外，連孵化中的雞蛋都不放過嗎……小琪看了一眼多利，和多利同期的小雞們幾乎無一倖免於難。

自己這一段時間的心血，完全的付之東流；自己的心在滴血，腦海中一片空白。

小琪閉上眼睛，想要逃避眼前的慘況……多麼希望，這只是一場夢。醒來後，小琪繼續抱著多利到小雞專區，讓多利跟小雞專區們的小雞兄弟們好好的打一場架……

這一次一定要讓多利好好的跟小雞兄弟姊妹玩，要證明有紅緞帶就像英雄片裡的主角，有著紅領巾就是最強的……快樂的玩耍、快樂的吵架，就像真正的家人兄弟姊妹一樣。

終究只是妄想……已經……回不去了。

箱子內塞滿了多利兄弟姊妹的屍體，小琪將箱子蓋了起來。

「啾啾……」多利探出頭來，輕聲對著小琪叫著，像是在安慰一樣。

小琪張開眼睛，看到了多利。對，自己還要照顧多利，怎麼能夠這樣意志消沈呢？如果一直沉浸在悲傷的氣氛中，多利也會難過的。

12　無聲與重建

「多利……」小琪溫柔的摸著多利的頭說：「對不起唷……我都忘了要照顧你……怎麼可以哭呢？」說完後，給了多利一個堅強的微笑。

「啾啾！」

「嗯？」小琪突然愣住了……她看著多利，明明多利沒有叫，怎麼會有小雞的聲音呢？

「是你在叫嗎？多利？」小琪問著。

「啾啾啾啾！」這一次確實是多利叫了！但是似乎小雞的聲音不是只有多利在叫……聲音越來越多！

「難道是……」小琪趕緊衝到發出聲音的地方，是孵化雞蛋的區域！

在雞蛋孵化室比較裡面的地方，剛好有比較多的乾草蓋住了一些雞蛋；也因爲這樣，讓這些雛雞沒有受到雨水的襲擊和失溫的危險，保住了一條命！

「啊……你們還活著！還活著！」小琪開心的叫了出來！

這一批雞蛋的雛雞平安的鑽出來，對著小琪叫著！看到牠們還活著，小琪的視線慢慢的模糊……明明忍住不哭的，明明忍住不流眼淚的……怎麼這時候的自己，是笑著流出眼淚呢？

「啾啾啾啾……」這批小雞搖搖晃晃的走向小琪，用充滿期待的眼神看著小琪。

「對，對！不能一直發呆！你們等等我，我馬上重建小雞專區！」不能一直沈浸在悲傷之中，雖然死去的小雞們很可憐，但是爲了還活著的小雞，不能隨便的放棄希望！

小琪快速的去找保溫燈泡，也準備了還沒濕掉的乾草。

「小琪？……妳在做什麼呢？」小琪媽媽看小琪在準備東西，好奇的問。

「還有……」小琪興奮的說：「還有小雞還活著！」說完拿了東西就跑去小雞專區。

「真的嗎？」小琪媽媽也跟在小琪後面去看。

除了換燈泡外，也重新換了一個乾淨乾燥的木箱子；小琪將乾草均勻的鋪在木箱中後，和媽媽一起溫柔的拿毛巾擦乾這些剛出生還帶著蛋白的雛雞身體。

小雞專區又恢復了熱鬧，這些小雞們搖搖晃晃的走來走去，看起來都很健康；

12　無聲與重建

只要不失溫，小雞們存活的機率就會大幅增加。

「這些小雞……是我們重新站起來的希望。」小琪爸爸也過來說：「我原本也以爲小雞們都死了……牠們能活著真的是奇蹟。」

小琪爸爸沒有怨恨，只有感謝天公伯還有給他和他們家一線希望。

到了下午，雞的屍體堆滿了小琪爸爸的貨車，這些雞的屍體不能隨意丟棄，必須要送到專業的地方去燒掉。

「這次雞舍的損失慘重，將近七成以上的雞都死掉了……」小琪媽媽對在駕駛座上的爸爸說著。

小琪爸爸看了貨車後面一眼，說：「那、那些小雞屍體呢？我怎麼沒看到放到貨車上了？」

「那些小雞屍體……小琪說要爲牠們建造墳墓。」小琪媽媽回答著。

「嗯……要注意活著的雞不要讓牠們也死掉，我先把這些雞載走吧！」小琪爸爸說完，開著車把雞屍體載走。

小琪則是帶著裝小雞屍體的箱子，在雞舍旁邊的地方挖了一個洞，打算當作小雞們的墳墓。

「多利……箱子裡面是你的兄弟姊妹……跟牠們說再見唷！」小琪對著多利說。

「啾啾……」多利像是道別一樣，對著箱子叫了幾聲。

箱子慢慢的被小琪埋入土裡，多利也一直在口袋內探出頭來看著，過了不久，小雞的墳墓已經作好了。

「希望這些小雞……能夠到天上過好日子。」小琪對著小雞墳墓說。

突然，旁邊傳來了低吼的聲音！

「吼嚕嚕嚕嚕……」伴隨著恐怖的低吼，以及可怕的惡臭味！

難道是……小琪驚訝的轉過頭……是上次那隻野狗！

這隻野狗一樣又髒又臭……不同的是，牠的左眼上方似乎有一道很深的傷口，讓這隻野狗看起來更加猙獰！

「那傷口……難道是上次小傑……」小琪呆在那邊，腦袋一片空白。

「啾啾啾啾！」多利似乎在催促著小琪，發出了警告的叫聲！

12　無聲與重建

「吼嚕嚕……」野狗慢慢的靠近小琪，目標似乎是小琪背後的……小雞墳墓！

剛死掉的小雞，這對野狗來說可是一頓大餐！

「怎……怎麼辦……」小琪嚇得一動也不動……如果逃走，也許可以不受到傷害；但是這些小雞的屍體，恐怕會被野狗拖出來啃食！

野狗似乎知道小琪的恐懼，繞過小琪，打算在小琪面前挖出小雞墳墓，在小琪面前狠狠的將小雞屍體啃食掉！

小琪看到野狗竟然在挖小雞墳墓，害怕的說著：「不……不可以……」

「吼汪！」野狗大聲的對著小琪咆嘯！

小琪害怕得退後幾步！身體僵硬的看著野狗繼續挖著！全身發抖的小琪只能看著這個殘酷的畫面……

終於，小雞墳墓內的箱子被野狗粗暴的挖了出來……露出了箱蓋。

野狗看起來很興奮，用爪子用力的抓著箱蓋，並且粗魯的用嘴想要把箱子咬開……

只要再繼續下去，這些可憐的小雞們，將會死無全屍的被野狗咬得支離破碎、血肉模糊。

這是小雞們該有的命運嗎……

「住手……」小琪發抖著說著……

野狗對於小琪的話無動於衷，繼續粗魯的咬著箱子，用爪子猛力的抓著蓋子。終於……蓋子有一個地方被咬碎，可以看到裡面的小雞屍體……

「住手……」小琪發抖著……看到蓋子被咬碎！

小琪突然大聲叫出來：「我叫你住手！沒有聽到嗎？」

聽到小琪的叫聲，野狗停了一下，對著小琪大聲叫著：「汪吼——」眼神突然露出兇光，惡狠狠的張牙裂嘴，一副要把小琪咬死的狠樣！

「一定要提起勇氣，保護自己要保護的對象……」小琪腦海裡響起了小傑的聲音；如果不是由自己保護，那麼又有誰會來保護呢？

小琪拿起旁邊的一根木棍，大聲的對野狗喊著：「我、我警告你！你敢傷害這些小雞……我就跟你拼了！」

12　無聲與重建

看到小琪拿木棍，野狗瞬間退縮了一下，但是隨後想要咬住小雞屍體的箱子……

「我叫你不要咬！」小琪突然不知道那裡生出來的勇氣！衝向野狗，並用木棍用力的打在野狗身上！

野狗痛得放開嘴裡咬的小雞屍體箱子！

「吼汪！」野狗一轉身想要咬住小琪！

「走開！給我走開！」小琪媽媽用一根更粗的木棍往野狗身上敲去！

「凹嗚！」野狗突如其來又被打了一棍，狼狽的叫了一聲後，逃跑了！

「小琪！小琪妳沒事吧？！」小琪媽媽丟下木棍，抱住了小琪。

小琪這時才把木棍放下，抱著媽媽一直哭泣……

「媽媽……我好怕……」

小琪媽媽抱著哭泣的小琪，溫柔的拍著小琪的背安慰著。

任何人都有恐懼的時候，這不是懦弱膽小；知道自己的恐懼也是勇敢的表現。

看著差點被咬爛的小雞屍體箱子，小琪又害怕、卻又慶幸保護住牠們了。小琪盡情的放聲大哭……自己，最後的最後終於保護住這些可憐的小雞們了。

*

小琪爸爸用籬笆圍住了雞舍，以及小雞墳墓的部份，暫時不用擔心會受到野狗的襲擊了。

「沒想到……小琪跟妳那麼勇敢。」小琪爸爸邊敲打著籬笆，邊對著在旁邊的小琪媽媽說著。

小琪媽媽拿了一杯茶給爸爸，說：「爲了保護自己的孩子，母性會無條件付出的。」

小琪爸爸喝了一口茶，看著小琪媽媽。

「是啊……我光聽妳們這樣說，我都快嚇出一身冷汗了。」小琪爸爸喝完茶，繼續敲打著籬笆。

小琪媽媽嘆了口氣問著爸爸：「之後……該怎麼辦呢？」

小琪爸爸無奈的說：「除了重建雞舍外，也要加緊進些雞苗。這一段時間賺的錢，剛好又回到原點了。」

12　無聲與重建

小琪媽媽抱抱爸爸，安慰著說：「碰到這樣的事情，我們也必須要打起精神來……我們還有小琪要照顧呢！」

「是啊……」小琪爸爸看看天空，緩緩的說著。

「天公伯……會看得到我們的打拚的。」

小雞墳墓代表著這一次的痛……真的很痛。但是爲了身邊的人，還要更加努力打拚。

夜晚的小雞墳墓彷彿就像傳來哭聲一樣，令人難過。

養雞的小孩

13. 信賴的眼神

過了幾天，雞舍重建好了；小琪家的生活也暫時恢復了正常。

「我回來了！」小琪放學一回到家，說完又跑到雞舍去。

「真是的，這孩子書包又直接丟在房間地上了，真是沒規矩。」小琪媽媽有些抱怨的說著。

小琪馬上跑到小雞專區，對著多利喊：「多利！我回來了唷！」

「啾！」多利又從後方慢慢跑向小琪。

「哈哈！多利真乖！」小琪把多利抱起來，開心的說著。

現在小雞專區的小雞們都很小，反而讓小琪安心很多；之前小雞專區的小雞身體都比多利大，所以多利都會被排擠或是被擠在後面。現在這批小雞的身材大部分都比多利小，所以小琪就不用擔心多利會被欺侮了。

小琪把多利抱回房間，將多利放在書桌上說：「多利！我跟你說唷！今天美勞老師叫我們畫我們想要畫的東西，所以我打算畫你唷！」

「啾！」多利歪著頭看著小琪，那個模樣真的很可愛。

「嘿嘿……你先不要亂跑唷！……啊！蠟筆不能啄啦……」

13 信賴的眼神

小琪開心的畫著多利，多利的樣子已經慢慢有些變化，可以看得出來金黃色的絨毛越來越少；這種紅羽土雞成熟多半需要三到六個月，跟一般養雞場飼料雞相比需要更長的時間。

多利還是可以放在小琪的圍裙口袋中，但是已經沒辦法完全塞在裡面，多利可以直接把頭露在外面看著。

「嘻嘻……多利，你以後一定是一隻很帥的公雞喔！」小琪開心的畫著多利，將自己還有多利用蠟筆畫在紙上面。

*

秋天到了。早晚溫差有點大，讓多利看起來很沒有精神。

「多利，怎麼了嗎？怎麼一點精神都沒有呢？」小琪擔心的問著多利。

「啾……」多利在小琪房間的箱子裡，一點精神也沒有；小琪餵牠吃的東西，也吃得很少。

多利很不對勁，這讓小琪非常擔心。

小琪抱著多利，問爸爸應該怎麼辦？以前有看過這樣的情形嗎？

小琪爸爸檢查著多利的身體，雖然沒有拉肚子也沒有得到什麼病，但是多利看起來就是很沒有精神。

「怎麼會這樣呢……爸爸。」小琪擔心的問著。

「這……」爸爸用手摸著下巴，一時之間也無法下定論。「我也不知道詳細的原因，或許是因爲最近早晚的溫差比較大，所以有影響到多利也說不定。」

「那怎麼辦呢？」小琪看著多利，多利非常的沒有精神。

「這個嘛……這幾天給牠吃一些比較營養的東西，也照顧牠不要讓牠著涼；還有盡可能不要帶牠到外面吹風。」小琪爸爸只能這樣說。

「多利……要快點好起來唷……」小琪擔心的看著多利。

「啾……」多利雖然沒有精神，但是仍然看著小琪，像是在安慰她一樣。

小琪上課的時間，就把多利留在小雞專區麻煩媽媽照顧；等到放學時間一到，小琪就跑回家照顧多利。

這天，小琪回來把多利放在床上，自己跪坐在床邊看著多利。

多利雖然沒有精神，但還是在小琪面前，表現出好像很有精神的樣子。

13 信賴的眼神

「啾啾！」多利用小小的嘴巴啄著小琪的手心。

「好——停！」小琪小聲的喊著，多利果然停住啄的動作，張著大眼睛看著小琪。

「再來……握手！」小琪一說完，多利用小嘴巴繼續輕輕啄著小琪。

「哈哈……多利，你真的好可愛呢！」小琪摸摸多利的頭，她知道多利真的病了。

而且病得真的不輕，一天比一天還沒精神。

過了幾天，小琪把多利放在圍裙口袋中，帶去給附近的獸醫院看。

這間獸醫院算是望天宮廟口附近有名的獸醫院。除了治好了很多寵物狗貓之外，連附近的養殖戶也常常會來問獸醫師的意見；甚至連母豬難產都是這個獸醫師救活的呢！

小琪一帶多利進去，就很多人好奇的看著。

「哇！妳把小雞放在口袋裡面，好可愛唷！」一隻抱著小型犬的女孩子對著小琪說。

「是呀……牠都會這樣乖乖的待在我的圍裙口袋裡，真的很乖呢！」

小琪摸摸多利的頭，充滿著呵護。

獸醫師叫了小琪進去，仔細的觀察著多利；先看看多利的眼睛，再看看多利全身的狀況……獸醫師看得非常的認真。

「醫生……多利……多利沒事吧？還是說牠那裡生病了呢？」

「妳的小雞……」醫生在資料上寫著，接著看著小琪的臉說：「這隻小雞身體很虛弱，看得出來牠是先天本來就體弱多病，比起其他的正常雞來說，牠不但小隻又很虛弱。」

「那麼……可以吃藥或是吃些東西來恢復健康嗎？」小琪緊張的問著。

「吃藥啊……」醫生沉默了一下，繼續說：「……或許，可以開些抗生素給牠吃……只是……」

「只是？」小琪看了看醫生，又看了看多利……多利非常的沒精神，坐在小琪的口袋內發呆。

「妳的小雞，能活到現在已經是奇蹟了。理論上這種體質的小雞，很多孵化沒

多久就死了……妳的小雞能活到現在，根本算是奇蹟。」醫生邊說邊寫著資料後，看了看多利。

「看得出來妳爲了妳的小雞，付出了很大的愛心……這樣吧！我開些抗生素，妳把它混在飼料內給牠吃。」醫生把資料給護士，要她去準備藥。

小琪聽醫生這樣說，沒有說話……拿了藥後，抱著多利走出了獸醫院。

「真是的……醫生有說跟沒說一樣……」小琪看看多利，摸摸多利的頭後說：「多利，你只是太累，沒有生病對不對？」

「啾啾……」看著小琪的多利，眼神中充滿著信賴。

小琪想起了剛出生的多利，那個瘦小的模樣，接著慢慢長大，會對著小琪撒嬌，硬要小琪抱著牠……爲了要隨時照顧，還要特別改造那件圍裙呢！

想到這邊，小琪笑了出來，用手輕輕點著多利的頭說：「你喔！真的好愛撒嬌又怕寂寞呢！」

「啾……」多利像抗議一樣，叫了一聲。

後來……因爲分辨不出來多利是那一隻，還讓自己急得哭出來了呢！準備了紅緞帶給多利，多利又會因爲紅緞帶跟自己小雞兄弟打架。

走到了廟口前，小琪望了望天宮和廟口一眼。

廟口的騷動、和柯柯還有嘉嘉兩人躲推土機，這些回憶內也都有多利的存在；就連搶孤那天結束，爲了保護多利，自己不惜挺身而出的種種回憶，就好像只是昨天發生過的一樣。

每個記憶中的多利都是重要的。

「不要離開我……不要離開我……」小琪忍不住哭了出來……眼淚滴到多利頭上，多利用一種安慰的眼神看著小琪。

「啾啾……啾啾……」多利的聲音聽起來很平穩，真的就像是在安慰小琪一樣。

「你是叫我不要哭嗎？」小琪笑笑的問著。

「啾啾！」多利也像是回答一樣，叫了兩聲。

「嗯嗯！我不會哭的，因爲你一定會好起來。」小琪邊笑邊抱起多利，用鼻子去碰觸多利。

13 信賴的眼神

「啾啾！」多利好像很高興，對小琪撒嬌著。

*

這幾天小琪很用心的調配飼料給多利吃，多利吃了以後似乎也有些恢復精神；爸爸媽媽知道獸醫師的說法，也要小琪看開一點，多利的免疫系統天生就比其他雞來得差。

「多利會好起來的。」小琪堅定的跟著爸爸媽媽這樣說。她相信只是季節變化讓多利精神比較差一點，多利一定會好起來的。

爸爸和媽媽互相對看了一眼，沒有再說些什麼。

「多利！你一定要恢復健康，知道嗎？」小琪微笑的跟多利說著。

「啾！」多利像是回應小琪一樣，叫了一聲。

小琪坐在房間裡多利的箱子旁邊，一直看著多利。

多利一定會好起來的……小琪內心堅決的相信著。

已經約好了，要永遠永遠在一起。

養雞的小孩

CHI CKEN

14．別離來臨時

「啾啾啾啾……」

「啾啾啾啾……」

「嗯……多利？」小琪睡眼惺忪的張開眼睛。

這是一個假日的早晨。一大早多利就把小琪吵醒，似乎要小琪過去抱牠。

「多利，怎麼了嗎？」小琪穿著睡衣走到多利的箱子旁邊，看著多利；多利用牠大大的眼睛看著小琪。

小琪高興的抱起多利，開心的說：「多利！你身體好了嗎?看起來很有精神呢!恢復健康了嗎？」

「啾！」多利看起來超高興的，大聲的回答了小琪一聲。

小琪梳洗換好衣服後，穿上圍裙讓多利坐在圍裙口袋中，接著帶多利去雞舍看看其他小雞。

小琪把多利放在小雞專區，小雞們圍在多利旁邊就像是在撒嬌一樣；多利因爲比這批小雞的年紀還要大一點，就好像哥哥帶著弟弟妹妹一樣，讓小雞們在自己身邊啾啾的叫。

14 別離來臨時

「哈哈！多利看起來真的像是個大哥哥呢！」小琪開玩笑的說：「這裡面有你喜歡的女孩子嗎？到時候給你當老婆好不好呀？」

「啾啾！」多利叫了兩聲，聽起來不知道是什麼意思。

「哈哈……你是害羞了嗎？」小琪笑了一下，繼續打掃著雞舍。

讓多利玩過後，小琪又把多利帶去外面；爲了不讓多利太冷，小琪特別把紅緞帶攤開一點，讓多利的脖子圍的部份更多。

看看廟口、又到處晃晃，小琪把多利又帶回來，來到了多利小雞兄弟姊妹的墳墓面前。

「啾啾……」多利像是不知道在說些什麼，在小雞墳墓面前叫著。

「怎麼了？」小琪看看小雞墳墓，再看看多利。「在想念你的兄弟姊妹嗎？」說完，蹲下去讓多利更加靠近小雞墳墓。

多虧小琪爸爸整修的籬笆和新的雞舍，已經看不到野狗再靠近了；或許野狗被抓走了，也或是因爲上次被打敗，野狗不敢來了吧……

「啾啾……」多利叫了幾聲，就沒有再繼續叫。

小琪摸摸多利的頭說：「回去房間吧……我還要寫功課呢！」

回到房間後，小琪把多利放在自己床上，自己跪坐在旁邊看著多利。

多利看著小琪，或許多利自己也知道，小琪對牠真的非常的好。多利看看小琪，似乎有很多想法想告訴小琪，但是卻無法表達出來……多利一直用大大的眼睛看著小琪，像是要把小琪永遠的印在自己的腦海中一樣。

「怎麼了嗎?多利。」小琪有些累……爲了照顧多利和學校課業，小琪假日都希望能睡得晚一點；今天一大早被多利叫醒，還感到有些昏昏欲睡。

「嗯……」小琪似乎就這樣趴在床旁邊睡著了。

有多利陪伴，不管在什麼地方，小琪都會感覺很安心。

迷糊中，小琪又驚醒了起來！

「多利?」小琪緊張的問著……但是，多利一動也不動，閉著眼睛。

「多利?多利！」小琪看著不動的多利，緊張得哭了！趴著哭的小琪，知道離別的時間終於來了……

「啾啾！」

14 別離來臨時

小琪抬起頭來，看到多利正在輕輕的啄著自己的手。

「什、什麼嘛！害我那麼擔心！原來你沒事啊！」小琪開心的抱住多利，用鼻子去碰多利……就像多利平常跟自己撒嬌一樣。

「啾啾！」多利像是在安慰著小琪一樣，除了叫兩聲以外，看起來還像是跳了起來。

小琪看到多利這麼有精神，轉過頭去拿了一些飼料說：「真是的……我剛剛還以爲你死了呢……早知道你只是睡著，我就不要像個笨蛋一樣哭了！」

小琪再轉過來，瞬間愣住了……

多利一動也不動……就像剛剛小琪剛醒來的時候一樣的動作，閉著眼睛完全沒有睜開過。

「咦……多利？你是在跟我開玩笑嗎？」小琪手上的飼料掉在地上……

「多利？多利？你剛剛不是……不要開玩笑了！你什麼時後學會裝睡了？」小琪以爲多利只是在裝睡不敢置信的靠近多利……

多利一動也不動，睡得非常的沈穩。

「多利！多利！」小琪慢慢的靠近多利，想要叫醒多利……但是怎麼叫，都叫不起來。

小琪媽媽進來抱住小琪說：「小琪……堅強一點。」

小琪爸爸也在旁邊說著：「小琪……多利牠已經走了。」

「怎麼可能……牠剛剛……牠剛剛明明有跟我一起，還安慰著我呀……」小琪的聲音充滿著不敢相信，也指著多利發抖著。

小琪爸爸走到多利身邊，抱起了多利後說：「……牠很早就沒有了體溫了……不可能幾分鐘前死的……身體看起來，已經死一段時間了。」

「那……那牠剛剛……」小琪不敢置信……幾分鐘前，多利不是還跟自己抱抱玩親親……

「一定是……」小琪媽媽抱著發抖的小琪，摸著小琪的頭髮說：「一定是因爲多利知道牠走後，妳一定會非常傷心……所以特別回來安慰妳，要妳不要哭……妳忘了嗎？每次妳一哭，多利都會安慰妳……」

「多利……多利！多利——」小琪緊緊抱著媽媽，大聲的哭著！

14 別離來臨時

「多利——我們說好了要永遠在一起！爲什麼！……沒有你的陪伴，我一個人有多孤單！多利！多利——」小琪叫得聲嘶力竭！大聲的哭泣著！

多利，一隻善解人意的小雞。牠安慰了一個孤單任性的小女孩，也改變了一個小女孩的一生和個性。小琪變得更勇敢，更尊重生命，也變得更加的堅強以及體貼。

「多利！多利！」小琪除了哭，還是哭……眼淚讓小琪的衣服都濕了……直到最後，小琪都無法接受多利已經離開的事實。

小琪邊哭，邊把多利從爸爸手中抱過來。

「多利……」小琪看著多利閉上眼睛的樣子，再一次滴下了眼淚……每一次只要自己一哭，多利就會叫兩聲安慰著小琪。

這一次，多利卻睡得非常安祥……沒有再起來安慰小琪。

淚水，浸濕了小琪的衣服、還有多利的羽毛……

「多利……」小琪拿著房間幫多利準備的盒子，讓多利在盒子裡面安穩的睡著。

「我幫你鋪了乾草……也幫你繫好了紅緞帶……你就好好的跟你的兄弟姊妹一起玩，這次不要再打架了喔……」小琪在小雞墳墓旁邊的地面挖了一個洞，打算讓多利和兄弟姊妹沈睡在一起。

小琪看著挖好的洞，準備要將多利連同盒子放進去……「多利……嗚……」一想到埋下去後，就再也看不到多利，小琪又哭了出來，眼淚「啪搭啪搭」的滴在多利的盒子上。

「對不起……說好不哭的……對不起……」小琪咬住下嘴唇，卻還是擋不住眼淚流出來……

「要我來嗎？」小琪爸爸在旁邊問著。

小琪搖搖頭，把眼淚擦乾後說：「不要……我想要爲多利最後一次蓋上被子，讓多利能夠安心的到另一個世界去跟牠的兄弟姊妹玩。」

盒子隨著土，慢慢的蓋了起來……最後，就在小雞墳墓旁，多利跟著大家一起

14　別離來臨時

前往了另一個世界。

秋天的風吹了過來，帶著一些淚水的味道；離別的時刻來臨，曾經擁有的幸福只能成爲回憶。

「多利——」小琪大聲的哭喊著多利的名字……

多利永遠的活在小琪回憶之中。

15. 愛的天空之下

鞭炮聲音劈哩啪啦的響！

一間新餐館正式開張了！

「哇！恭喜恭喜啊！」沈主委和社區委員會的委員，都來恭賀這一間新餐館的正式開張！

「謝謝！謝謝！」小琪爸爸開心的招呼著。

春節之前，小琪爸爸總算談好了新餐館的店面，就開在廟口市場附近；店名就叫作『多利餐館』，專門製作地方小吃和雞肉料理。

沈主委坐下來說：「火旺的雞肉料理讚不說，而且還有很好喝的金萱烏龍茶呢！」

「啊！是平常在主委辦公室喝的那種茶嗎？真的不錯喝！」沈主委的一位朋友誇獎的說著。

小琪爸爸的餐館生意一直絡繹不絕，尤其「多利餐館」好吃又新鮮的雞肉料理，更是受到附近廟口的大家喜歡，連觀光客都慕名而來。大家都知道廟口新開的「多利餐館」，雞肉真的好吃的不得了！靠著餐館的生意，小琪爸爸自己養的雞反

15　愛的天空之下

而成爲一種特色，標榜著純正土雞料理、不含各種化學生長激素，更是讓遠近的餐館都來這邊跟小琪爸爸買雞。

「哇！真的好好吃喔！」嘟嘟開心的對鍾玉婷說。

「是呀……冬天喝這種人蔘雞湯最好了！」鍾玉婷幫鍾爺爺倒了一碗雞湯說：「爺爺，您要多喝一點喔！」

「謝謝。」鍾藝師接過雞湯，輕輕的拿湯匙喝著雞湯。

鍾玉婷問著嘟嘟：「嘟嘟，這個就是妳說的『小雞煲湯』嗎？」

「不是啦！」嘟嘟笑笑的說：「這個是用長大的雞，不是用小雞啦！」

「對喔！說到小雞煲湯，似乎後來都沒有看到小雞女出來了。」鍾玉婷喝著雞湯，看了牆上一眼。

「咦？嘟嘟妳看。」鍾玉婷指著牆上一幅蠟筆畫的畫。

「嗯？」嘟嘟看著，驚訝的說：「喔！這張畫不就是畫那個帶著小雞的張莉琪嗎？」

畫上用蠟筆畫著一個女孩子穿著圍裙，抱著小雞的樣子。

「是呀！店名還叫作『多利餐館』，這家店應該就是張莉琪家開的了。」嘟嘟點點頭，看來確實是如此了。

「不過真的很好吃，如果有機會我也希望能常常來這邊吃。」鍾玉婷開心的跟鍾爺爺說著。

「好啊！喜歡的話我們下次再來。」鍾藝師笑笑的對鍾玉婷說：「不過一定要保持好成績才可以。」

「是呀！」嘟嘟邊吃著雞肉，邊說：「最近玉婷妳的功課都沒有寫完，考試快到了，要加油呀！」

「不要這時候說考試啦……」鍾玉婷嘟著嘴抗議著。

「哈哈哈……」餐館裡面充滿著笑聲。

＊

「媽媽，這邊的飼料我調配好了。」

小琪跟媽媽說著，接下來也把小雞專區的溫度調整好。

「小琪謝謝。」小琪媽媽邊整理，邊跟小琪說著。

15　愛的天空之下

這半年來，小琪的功課突飛猛進，對於雞舍的照顧更是細心；對於小雞的照顧或是成雞的管理，小琪都非常瞭解。尤其是小雞的照顧管理，幾乎將小雞的死亡機率降低到接近零。

「媽媽，這隻小雞的體溫有點高，可能狀態會不太穩定……我多餵牠一點水看看哦！」小琪邊說，邊用餵食器裝一點水餵小雞喝水。

「好。」小琪媽媽看著小琪，感覺小琪真的變了很多。

小琪還是一樣穿著那件圍裙，口袋卻裝著各種器具：有餵食器、溫度計、或是一些雛雞食用的乾粉飼料。

雖然小琪的外表並沒有太大的變化，眼神卻充滿著堅定。

小琪一定要好好的照顧著小雞，讓牠們好好的成長長大。因爲，已經和多利約好了，不會再隨便哭泣了……

*

多利離開的這幾天，小琪做什麼事都沒精神，上課沒精神，放學回來也是吃完飯就把自己關在房裡。有時候會去小雞墳墓那邊看看多利的墳墓，一看就看好久，有幾次媽媽和爸爸也發現小琪眼眶都會紅紅的。

「多利……」小琪抱著抱枕，看著掛在牆上的圍裙。

從多利死後，圍裙小琪一次也沒有再穿上去……她無法忍受穿起圍裙，口袋卻沒有多利的感覺。

可以的話……小琪希望都不要看到小雞，也都不要再去穿圍裙。

*

「爸爸！媽媽！你們快看！」

多利就這樣聽著小琪的命令，啄著自己的手。

「看！多利看起來就像聽得懂我的話，對不對？很像握手吧！」

*

小琪張開自己的手掌，彷彿多利就在眼前……

「多利……好！」小琪不自覺的說出口。

眼前沒有多利的身影，當然，什麼都沒有……只有自己自言自語而已。

小琪將臉埋進抱枕內，又開始流眼淚……

15 愛的天空之下

慢慢的……過了一段時間……冬天到了。

冬天寒冷的寒流，雞舍的溫度必須要更加嚴格控管才行，才稍微不注意，又讓許多身體虛弱的雞死掉；小雞們更慘，氣溫急速的下降，讓許多小雞紛紛凍死。

小琪爸爸手忙腳亂的加裝一些擋風的木板，來盡量幫雞舍內的雞禦寒。

這天，小琪走到外面，看到了爸爸在釘著木板，便走到爸爸身邊。

「爸爸……怎麼在加裝這些木板呢？」小琪問著爸爸。

「喔？啊啊……」小琪爸爸看了一眼小琪，繼續釘著木板說：「因爲冬天很容易讓小雞凍死，所以我就弄些木板來擋風。」

「嗯……」小琪已經好久沒有進去雞舍，這一次小琪卻走進去看。

小雞專區擠滿毛絨絨的小雞，就好像之前的光景，多利還跟兄弟姊妹在一起的時候。

這時有一隻小雞身體很虛弱的樣子，躺在那邊虛弱的叫著。

「等等唷……」小琪順手拿起餵食器，弄了一點水後餵給那隻小雞喝；喝完後，小琪把小雞放回去，也在牠身上放了一些乾草。

「這樣應該就會恢復健康了。」小琪溫柔的笑一笑。

在這一瞬間，小琪似乎感受到了多利的笑容。

「啾啾啾啾……」迷糊中，是多利在跟自己說話嗎？

每隻雞都是生命，每隻雞甚至都需要關懷……如果不保護牠們，那又怎麼能夠對得起一直以來陪伴著自己的多利呢？

這世界有更多需要照顧的人事物，就像更多的小雞，都需要小琪的幫忙和照顧。一點點的水、一點點的食物，可以拯救一個生物的生命；一點點的關懷和愛心，將可以讓這個世界變得更好。

「我可以做得到，就像當初多利，你保護了我一樣。」小琪看著眼前熱鬧的小雞，淚水又湧了出來……

「啾啾……」剛剛小琪餵水的小雞，搖搖晃晃的走到了小琪面前，像是在安慰著小琪一樣。

小琪破涕爲笑，說好了，不哭的。

*

15　愛的天空之下

「嘖！要吃東西就早說嘛！一開始幹嘛用搶得！」

小傑把幾根骨頭丟給一隻狗吃。

那隻狗看起來肥嘟嘟，又因爲洗過澡了，所以全身上下的毛都很漂亮；唯一比較突兀的地方，是那隻狗左眼上方似乎有一道淡淡的傷口痕跡，不過也因爲長毛的關係越來越不清楚。

「真沒想到，會看到你差點餓死在路邊。丟了幾根骨頭竟然還跟著打過你的我回家，就這樣厚臉皮的住下來了！」小傑邊抱怨，邊摸著狗的頭。

這隻狗的脖子上有著一條項圈，上面寫著「愛吃鬼」，似乎是小傑後來寫上去的。

「汪汪！」愛吃鬼吐出舌頭，舔著小傑，就像是在撒嬌一樣。

「嘖！不要舔啦！口水很臭耶！愛吃鬼！」小傑邊罵，邊摸著愛吃鬼的頭玩了起來。

而另一邊，在廟口市場那邊，有個小女孩正在多利餐館裡面跟小琪說話。

「小琪姐姐！柯柯有寫信來耶！」嘉嘉高興的拿著信給小琪看。

「喔？柯柯有寫信給妳呀！才幼稚園就那麼厲害。」小琪打開信，發現裡面雖然是用注音寫的，卻寫得很工整！

小琪尷尬的笑著說：「哇……明明是用注音符號寫的，卻寫得那麼整齊漂亮……這個叫柯柯的小男孩到底什麼身份啊……」

「嘿嘿……」嘉嘉笑了兩聲，看著小琪說：「對了，小琪姐姐，妳怎麼不再把小雞放口袋了呢？」

「嗯……」小琪看看嘉嘉，用手摸摸嘉嘉的頭說：「現在我要照顧的不是只有一隻小雞，而是要照顧所有的小雞。」

「真的嗎？那會把小雞都塞進口袋裡嗎？」嘉嘉好奇的問著。

「怎麼可能！」小琪笑著說：「現在小雞都在雞舍裡面，由我和媽媽一起管理照顧著。我希望，以後有辦法成爲動物的醫生，來讓動物們也能健康快樂的生活。」

「小琪姐姐要成爲動物醫生嗎？好厲害唷！」嘉嘉高興的說著。

「我要把對多利的愛，分享到其他動物身上；這世界上，有很多事情是只要我

15　愛的天空之下

們願意多盡一點點心，那怕只有一點點，都有可能改變一個動物、甚至是一個人的人生。」

嘉嘉明顯的聽不懂小琪在說什麼，不過還是很努力的聽著。

「噗！」小琪看著嘉嘉困惑的表情，忍不住笑了出來：「簡單說，多幫助人多照顧人，懂嗎？」

「嗯！懂！」嘉嘉拿著信，高興的說：「柯柯信上有說，到時候寒假他會再來玩。那個時候，我和柯柯可以去小琪姐姐家看小雞嗎？」

「當然可以呀！隨時歡迎你們。」小琪溫柔的笑著。

小琪走出多利餐館，看著望天宮前面的大樹，大家都很悠閒的在大樹下說著話；也看到小傑牽著一隻毛色漂亮的狗邊喊著：「慢一點啦！愛吃鬼！」邊散步著。

小琪抬頭看看天空，雲朵彷彿變成多利的樣子，和其他兄弟姊妹對著小琪微笑著。

「多利……謝謝你。」

回憶　曾經開心快樂過
現在　天空仍有你的笑容
未來　總有一天　我們會再相遇
每一分每一秒都能感受到關懷
讓我在黑夜之中不曾孤單
心中擁有著滿滿的愛
啾

在這片愛的天空之下，將愛努力的分享出去。
有你，也有我，這片天空之下充滿著愛與希望。

＊更多有關於望天宮的故事，可以查詢：
『廟口的小孩』『我的阿嬤是外星人』『養雞的小孩』。

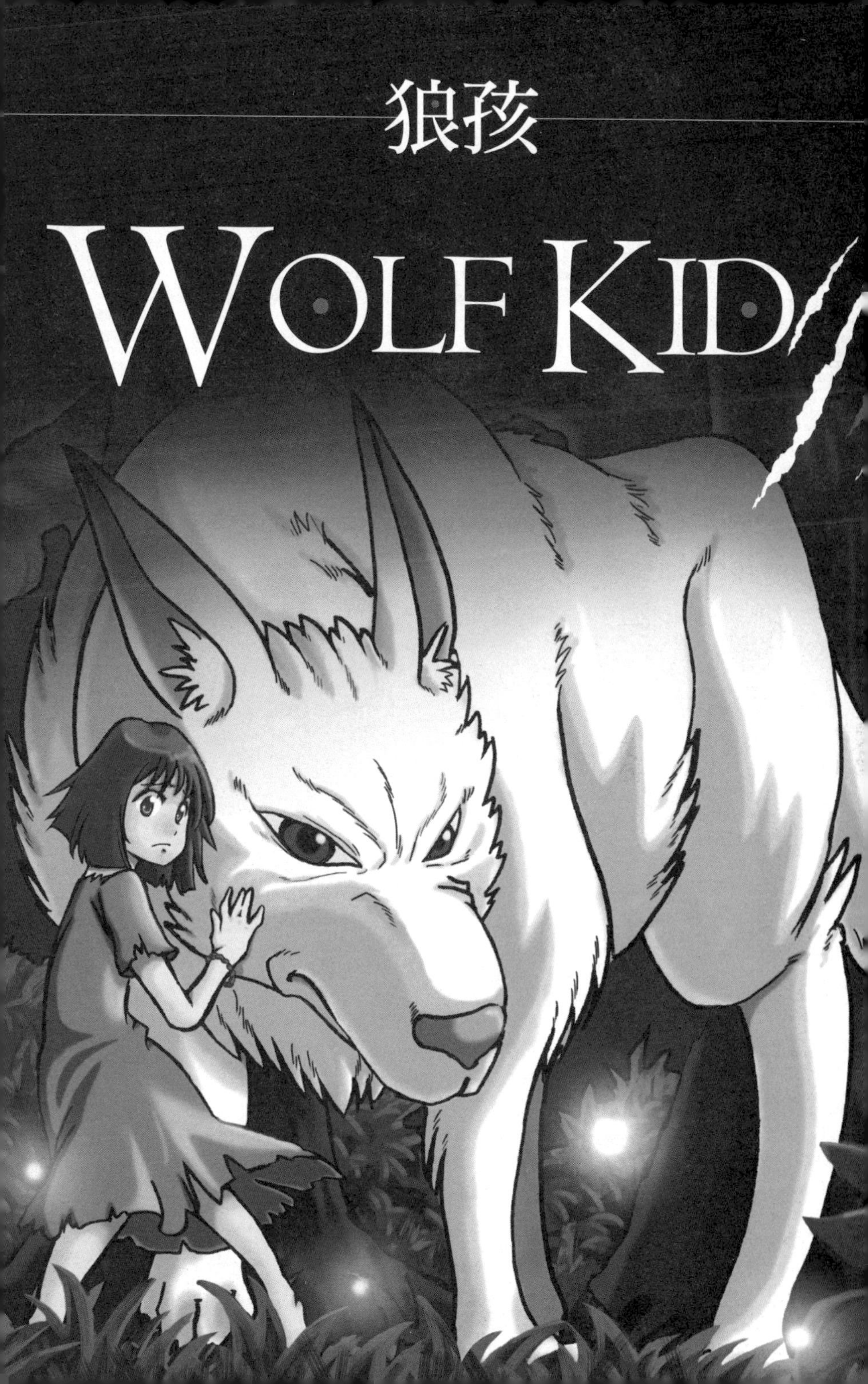
狼孩
WOLF KID

魔鏡、女巫、拉維

魔法の鏡、魔女、ラヴェン

培育文化
勵志學堂 41

養雞的小孩

作者 雪原雪
責任編輯 王成舫
美術編輯 翁敏貴
封面/插畫設計師 企鵝皮

出版者 培育文化事業有限公司
信箱 yungjiuh@ms.45.hinet.net
地址 新北市汐止區大同路三段一九四號九樓之一
電話 （02）8647-3663
傳真 （02）8674-3660
劃撥帳號 18669219
CVS代理 美璟文化有限公司
TEL／(02)27239968
FAX／(02)27239668

總經銷：永續圖書有限公司
永續圖書線上購物網
www.foreverbooks.com.tw

法律顧問 方圓法律事務所 涂成樞律師
出版日期 2013年8月

國家圖書館出版品預行編目資料

養雞的小孩 / 雪原雪著. -- 初版.
-- 新北市 : 培育文化, 民102.08
面 ; 公分. -- (勵志學堂 ; 41)
ISBN 978-986-5862-13-8(平裝)
859.6 102011200

※為保障您的權益，每一項資料請務必確實填寫，謝謝！

姓名		性別	□男 □女
生日	年 月 日	年齡	
住宅地址	郵遞區號□□□		
行動電話		E-mail	

學歷

□國小 □國中 □高中、高職 □專科、大學以上 □其他________

職業

□學生 □軍 □公 □教 □工 □商 □金融業
□資訊業 □服務業 □傳播業 □出版業 □自由業 □其他________

謝謝您購買 ___養雞的小孩___ 與我們一起分享讀完本書後的心得。務必留下您的基本資料及電子信箱，使用我們準備的免郵回函寄回，我們每月將抽出一百名回函讀者，寄出精美禮物以及享有生日當月購書優惠！想知道更多更即時的消息，歡迎加入"永續圖書粉絲團"

您也可以使用以下傳真電話或是掃描圖檔寄回本公司電子信箱，謝謝！

傳真電話：(02) 8647-3660　電子信箱：yungjiuh@ms45.hinet.net

●請針對下列各項目為本書打分數，由高至低5～1分。

項目	5 4 3 2 1	項目	5 4 3 2 1
1. 內容題材	□□□□□	2. 編排設計	□□□□□
3. 封面設計	□□□□□	4. 文字品質	□□□□□
5. 圖片品質	□□□□□	6. 裝訂印刷	□□□□□

●您購買此書的地點及店名________

●您為何會購買本書？

□被文案吸引 □喜歡封面設計 □親友推薦 □喜歡作者
□網站介紹 □其他________

●您認為什麼因素會影響您購買書籍的慾望？

□價格，並且合理定價是________ □內容文字有足夠吸引力
□作者的知名度 □是否為暢銷書籍 □封面設計、插、漫畫

●請寫下您對編輯部的期望及建議：

2 2 1 - 0 3

新北市汐止區大同路三段194號9樓之1

傳真電話：（02）8647-3660

E-mail：yungjiuh@ms45.hinet.net

廣　告　回　信
基隆郵局登記證
基隆廣字第200132號

培育

文化事業有限公司

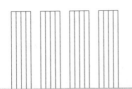

讀者專用回函

養雞的小孩

培養文化育智心靈的好選擇